慕尼黑白

陈 玉 慧

JADE Y. CHEN

人民文学出版社

图书在版编目(CIP)数据

慕尼黑白/陈玉慧著;北京:人民文学出版社,2012

ISBN 978-7-02-009277-2

Ⅰ.①慕… Ⅱ.①陈… Ⅲ.①散文集-中国-当代 Ⅳ.①I267

中国版本图书馆CIP数据核字(2012)第144816号

特约策划:陶媛媛
责任编辑:王　智
封面设计:汪佳诗

出版发行	人民文学出版社
社　　址	北京市朝内大街166号
邮政编码	100705
网　　址	http://www.rw-cn.com
印　　制	山东新华印刷厂德州厂
经　　销	全国新华书店等
字　　数	220千字
开　　本	890×1240毫米 1/32
印　　张	8.5
版　　次	2012年8月北京第1版
印　　次	2012年8月第1次印刷
书　　号	978-7-02-009277-2
定　　价	32.00元

慕尼黑白

陈玉慧作品
JADE Y. CHEN

人民文学出版社

für Hans und Ilse

目录

序

在父亲的房间

明夏(Michael Cornelius)

他的眼睛看得很远

因为童年时他去过天堂

所以他的字句才能在蓝天白云里流动

——Else Lasker-Schüler

我曾经好几次谈论过陈玉慧的写作风格,我开始觉得,我想很多人应该也注意到了,陈玉慧的文学世界愈来愈成熟完美了。

那文学世界的神奇之处一直在于她独特的文字叙述能力,她经常是文字的魔幻师,只有她才有那种节奏和旋律,只有她才能把内在活动如电影画面般呈现出来,像心的跳动那么自然。

那些句子从深沉的灵魂里灵光乍现,那光线明亮清晰,足以明亮幽暗的荫谷。

我是有偏见的,因为我是她丈夫。而且我的中文完全不行,我只能期待她的翻译,我可以说的是,我了解她的文字是因为我那天生高度古怪的直觉,我天生能明白她在说什么。

不管她以什么形式写作,不管她以英文或德文翻译给我,或者有时我也忍不住将她的文字输入翻译机,我自始至今都觉得,她叙述文字的语调是绝无仅有的,我可以毫不迟疑地指认出来。

我同时发现,中文如此适合她,中文是以单字组成,而那些单字有时像图象,中文可以像一连串的蒙太奇影像连接,不像德文有那么严格的造句文法,读者并不是从白纸黑字里去了解中文,而是从那些字与字之间的留白去了解,陈玉慧的文字因此无法翻译,但她是幸运的,她知道如何巧妙地使用中文,她竟然可以如此写作,怎么不令人羡慕?

对我,陈玉慧的句子经常像诗。她的一篇一篇的散文逐渐成为我的灵魂。读她的文章就像坐在美丽的河岸,然后逐渐进入冥想。在我的精神之眼,中文一直流过,我完全了解,她的文字如此美,如此深奥,她的文字具有音乐性。我为什么能完全明了?即便我不懂中文?因为我是她的灵魂伴侣,因为我便是她文字的化身。

做为作家,你得爱上文字。那些文字人人都在使用,但只有少数人才能独特地使用他们,如果你为他们找到节奏,找到旋律，甚至找到画面，他们便成为你的缪斯。写作是神奇的，充满神性，那些美好的句子拥有他们自己的生命。写小说时，突然之间，你写的故事或人物活了起来，那么，那小说便不再是草稿，故事从此拥有身躯，他会流汗也会流泪，他会忍耐，也会发笑。我热爱这样的时刻，即便你所创造的是恶魔。

玉慧曾经告诉我，写作是她活下去的方式。我很晚才开始写小说，我也只有在开始写小说后才了解她在说什么。我面对我内在的恶魔，只有在写小说时，我才可能远离那些黑暗。玉慧也说，只有写作才能使她的生命完整合一，无论如何孤独和苦痛，写作便是救赎。

亲爱的读者，你可以在陈玉慧的作品中察觉这些，这本散本集更不会例外。我要特别提到的是这本散文集里的《给韩斯的一封信》，因为此文最能代表陈玉慧散文风格，优美及具有诗意，成功地为一位逝去的人立传，同时传达了大时代的讯息和对战争的省思。

韩斯是我父亲，他死前留给了我一本书。那本书他只印了三份，那并非日记或自传，那是一本记录，他把他一生做过的一百件成品印成一本目录。书内附有一百张照片，那些成品都是为我们而做的，桌子，椅子，柜子，木偶，画作或者木刻，他在照片之下作了说明，把过程和历史都说得清清楚楚。

我父亲在他很年轻时便退休了，从此便沉浸在自己的木匠嗜好里。他在地下室有一工作室，他喜欢并且会做各式木制品,包括巴伐利亚式的家具。他的习惯便是在完成作品之后,在作品背后写下自己的心得,那些心得还包括他对生活和生命的看法,现在这些心得便是他留给我的全部文字。

而我对他有如此多的记忆。多少次我到地下室去找他,我闻到木头或蜡味,他向我解释如何使用刨木或其他工具,他老是用同一只铅笔记录这些制作过程,现在这些沙发或柜子背面都找得到他的痕迹。

今天我翻开那本记录书。他写着那一年如何雕刻那只如今仍放在我们家门口的皮诺丘(Pinocchio),他在皮诺丘木偶背后写着,当他用斧头砍在树上时,那棵树轻声地告诉他,轻一点,别伤到你的木偶。他又写着:这是一位试着雕刻木偶的人的故事,每当他要砍树时,树木便会与他说话。

如今,我父亲的家具也与我对话。他们仿佛便是我父亲灵魂的再生。

那本书的最后一页,我父亲问:生命有任何意义吗?我的父亲说,有的,那些木制品和他说话。还有,他说,不要只说不做,只有去实践生命,生命才有意义。

我的妻子便是如此理解他,并为他写了一篇纪念文。韩斯一定非常喜欢这篇文章。他是伟大的人,受尽了战争的折磨,发愿要让我们过他没能过的生活。他给我们留下永恒的东西。

我的父亲死于茵梦湖边的一家医院。那一年他九十岁,心脏病发。他是我这一生唯一触摸过的尸体。我进入那间房间时，他的眼睛尚微微张开，他的身体像白蜡一般，就像毛泽东或列宁死后那样，我想对他说什么，但是我突然崩溃了，我俯在他胸前，他的身体硬得像块木头，我对他说许多愚蠢的话，我的父亲沉默着，他躺在那里，他永远对我有那么多耐心。过了一会，我站了起来，我开始照相，我以为镜头可以为我见证，并且为我记下所有我那时无法忍受的悲伤，或者，也只有这样的动作可以取代那时我的无助。就在那样东按一下西按一下时，我看到我父亲正在微笑。我之前并没有看到这微笑。

那时，我确知我的父亲便在那间房间。我确知。我确知他站在窗前，他在微笑。

我为他取下他手上的结婚戒指和桌里的电动刮胡刀，我将之放入那只他用了多年的旅行包，我为他合上他微开的眼睛，然后离开那间父亲的房间。

1

记忆遥远

我为何写作？

我一直努力做别的事，尤其是与写作无关的事，但到头来，我才知道，我所做的一切，即便是与写作无关的一切，也是都为了写作。

我为何写作？与我的童年有很大的关系。

我一向认为，母亲当年遗弃我，对我一生的感情生活影响重大。也对我的写作生活影响重大。

五岁半那年，我的母亲因三度怀孕，无暇照顾我，决定将我送至台中外婆家，母亲事前未明说，但我似乎有某种预感，不愿前去，坐三轮车到火车站，要下车前，我死命拉着三轮车上的扶杆不愿下车，我可能在抗议父母长期对我的忽视，但他们不知道，他们只知道，这小孩死脑筋，不是一个听话的孩子，母亲将我的手从铁杆上用力拉下来。

到了台中外婆家，母亲一直未告诉我，她将就此离去，我一个人坐在角落，不知不觉睡着后，醒来，母亲已走，我才知道她将很久之后才会回来，我像个小疯子似的以穿脑般的尖声哭叫了一整个晚上，外婆没理我。外婆重男轻女，她不喜欢女孩，何况像我这样不讨人喜欢的女孩。

那时我还不会写字，但我心里有许多话要说。

那时外婆家还没有电话，我虽有话想说，但从未说出。我的外婆并不管我，我经常坐在她的理发店里看着窗外，不然便是为她打扫头发。那年夏天，四舅高中毕业刚好没事，他曾以自行车载我出去玩，一次到一家新建的教会，多年后，我还记得教会的彩色玻璃窗，色彩非常诡异，我在许多年之后的梦里还经常梦见。

一次去打芒果，我们和一群人带着竹竿潜入别人的芒果园，把半生不熟的芒果打下来，园主出来追打，我们必须仓皇地逃命，那是我第一次做坏事，但我舅舅更多年后，偷的不只是芒果，是一家农会。

外婆把芒果放在米缸里等着变熟，我永远不会忘记那些芒果的滋味。还有一次，舅舅和同学在河边游泳，我不会游，坐在大石头上看他们游。看鱼，看石头。我外婆后来也搬到河边一栋房子，我也经常坐在河边看着流水，一坐便是好几个钟头。我大学读庄子说的“子非我，安知我不知鱼之乐?”想到的便是童年这个时分。

那次，四舅载我回家，因他想快点跟上他的同学，速度不得不加快，他没顾及坐在后座的我，使我的脚踝不慎卷入车轮，受了重伤，有一阵子走路有一点跛。

更多时候，我躺在外婆家的和式房间，望着天花板发呆，在心里想着所有要告诉母亲的话。那些长串的话我记在心里，一直到上小学都会背，但后来忘了。我从来没对母亲说过。那两年我几乎没说过话。我和外婆雇用的几个理发小姐同睡，她们老叫我说话，要我笑，见到人就要笑。我想我没笑过。

那时我如果学过写字，我想我会写信给我的母亲。或者上帝？那时我的上帝是我从黑人牙膏盒上剪下来的黑人，我把他当神，每天向他膜拜。

在近两年的时光里，母亲并未来探视过我。我好几次计划逃回台北，我那时以为只要沿着一条路一直走，经过小土地庙，经过演戏的野戏台下，且得从那戏台下穿过去，我就会走到台北。我因为这个想法而比较放心，且一直在等着那个戏班子来搭台演出。但他们似乎一直没再来演过，倒是别的戏团到庙口去演。

回台北后，我们住在北市近郊圆通寺附近的一栋平房，我因长久离家而对父母很陌生，第一天，母亲把我送到幼儿园去，我以为从此她又不回来，站在门口，好说歹说都不进去，我没有尖叫般地哭叫，只是不停地流泪。

我非常害怕，我以为我若走进那里，从此便只有自己一个人了。

母亲无可奈何把我带回家，后来，父母让我留在家里等小学开学。

那是圆通寺附近的平房，我开始面临极大的烦恼，动辄与蛇遭遇。我每看见蛇便动弹不得，神经紧绷到最高点。

开学后，父母教我上学去时要说再见，给我东西时要说谢谢，我全闭口不说。父母说，如果我不肯说"爸妈，我上学去了，再见。"这句话就不准上学。我一个星期没上学。我到今天都不喜欢客套，但我可以使用自如了。但我仍然不太说谢谢，说时其实都不挺真心。

我从来不知道撒娇是什么。我不知道这对我的写作是否有什么影响。

上小学那些年，我没什么特别，被老师指定当卫生股长，我到现在都不知道卫生股长要做什么，那样当了几年。中学也一样，数学物理化学开始跟不上，去补习也没用，其他科目还可以，历史国文英文常拿最高分，常常读东方出版社的各种侠义小说和福尔摩斯侦探小说，我特别喜欢中国侠义小说。

印象中，有一次我母亲到学校来找老师谈事情，她谈的事以及她穿的旗袍的颜色我都不喜欢，有同学问我，那是你妈妈吗？我冷静地看着她说，不是。

我幻想自己是孤儿，而他们不是我的父母。

那些年，我开始大量集邮，每天看着各国的邮票，想象那些国家和那些国外的人的异乡生活。

另外一个异乡经验是父亲把我送去教会，我在教会背《圣经》唱圣歌，背对了，外国牧师便会送我一张外国圣诞卡，那些圣诞卡都是旧的，上面写了英文的祝福字和短笺，我也这样如此想象寄卡片者的人生。圣诞节时，外国牧师会用小卡车载着小朋友去各处教会唱圣歌，那是我人生第一次的巡回演出。

小学三或四年级，父亲订了《国语日报》，有一天，我读到报纸上有征文比赛，题目是肥皂洗手。我没告诉任何人，就自己写了一篇文章寄去参加，结果我得了第一名，后来得奖通知寄来时，我父亲吓了一跳，以为寄错了，但没寄错，他从此对会写肥皂洗手的我有点刮目相看。

我上中学时，以会说黑色笑话闻名，常常逗同学哈哈大笑。有个国文女老师在教到陈之藩的《失根的兰花》时，中断上课，哭了十几分钟后还停不住眼泪，宣布提早下课。她有个十岁的孙子，那年由美返台，有时便到课堂来和我们上课，我记得他在课堂上画了很多裸体的人。

从小，我喜欢发明游戏，定规则请小孩来玩，初中一年级起我便对导戏有兴趣，曾导了一个戏叫“冷暖人间”，我让同学戴高顶帽及穿写着“资本派走狗”的衣服，让他们在地上爬行并且哀嚎着要求自由，那就是我所谓的人间恐怖。那时我十三四岁吧，同学都已经在交男朋友，并且都已经有月经，我好像跟她们不太一样。

我喜欢背成语和唐诗。初中毕业那年暑假，我渴望阅读，但郊区没有图书馆，只有一个叫后备军人服务中心的地方，那里只有一本本《青溪》杂志，我把那些军队的文宣杂志，几乎每一期都从头到尾每个字读了一遍。

高中是文字的启蒙时代，打从高一起，父亲再也不回家了，家庭的巨变深深地影响着我的内心，我有说不上的忧愁，很希望和一位熊姓女生做好朋友，我天天写字条给她，那时我开始读黑塞、圣修伯里、叔本华和余光中的一些新诗，我常常把哲人的思维抄下，有时做点转化，改装成自己的句子，天天写给那位女生。但有一天她把字条全退还我，并且再也不理会我。

我为何写作？我想透过那些文字传达我被爱的渴望。而不只那些字条，我也开始在校刊发表散文，我同学中有一位，文笔非常好，我觉得我必须至少达到一样的水平，所以写作已经是重要的事。

高中三年我没好好读教科书，我只读课外书及学英语，我爱学外语，喜欢和在新公园或重庆南路碰到的外国人讲话。对异国事物充满好奇。我的好奇心太重，这对我的写作帮助或许很大，但对我的生活却一点益处也没有。

我父亲希望我将来能去中学教书，为了让他高兴，我大学志愿填了十二个，全部都是中文系，其实真正的原因是我不确定该念什么。

我从小不是会念书的人，最不会也不喜念的便是教科书。

我在念中文系时，觉得声韵和修辞学之类的课有点莫名其妙，且最怪的是，必须把十六册《资治通鉴》全以朱笔眉批才可以毕业，我都从左边倒过来批，因为这样才不会被朱墨沾到手。我也花零用钱请妹妹帮我朱批，那十六册好重，我搬来搬去，只为了交差了事，我从来没读过，我现在想，就算那时我用心读，可能也不甚了了，因我大抵是晚熟之人，人生大部分的事，我都是事后才清楚。

但我满喜欢上《诗经》课和书法课。那时有个老师是书法名家，叫史紫忱，他很会教，我常模仿他的草书风格，他是第一个看重我才华的人，他游说我写作，并且篇篇替我拿到《自立晚报》副刊去登载。大三那年，作家朱西宁到学校开课，我也去旁听，朱老师也鼓励我写作，他经常在课堂外和我聊天，这件事对当时的我也很重要。

我为何写作？我只是想让那两位老师安心，希望安慰他们，他们并没有错看了人。

大学我也没上什么课。大部分的时间都在美语中心学英语，有一阵子也在外语书店卖书，算是半工半读，我做得最积极的事情有两件，一是到武昌街看电影试片，那时把爱森斯坦（Sergey Eisenstein）、弗里兹·朗（Fritz Lang）、费里尼、帕索里尼、特吕弗、戈达尔甚至新浪潮导演赫尔佐格的电影全看遍了；第二件事是替《影响》电影杂志和《时报》杂志（已停刊）写影评和时事评论。

我为何写作？那时我觉得写稿有稿费，满好的。此外，因为还太年轻，可能潜意识里希望自己能化身为老成的评论专家。但我真正爱写的是日记。

那时我身上随时都带日记本，动辄写日记，日记多是不经思虑的杂感，我曾抄录二三篇交给《三三集刊》发表。正因如此，我曾在文学研究讨论的场合里听到别人把我列为三三成员。

我大四那年认识一位法国教授，因此原本要去美国留学的计划便改成法国。我在巴黎受到电影和戏剧的影响，虽然继续写日记和散文，但是生活重心已转至戏剧尤其是表演的学习。今天回想起来，那孤单、恐怖又甜美的戏剧学习生活改变我人生至大。

一九八〇年至一九九二年，整整十二年，我的人生都花在戏剧上，学习、长途跋涉，足迹遍及世界，尔后，写剧本、表演、当导演，后来有二三年也回台湾在兰陵剧坊及大学执教，我总共创作了十来出自编自导的戏剧作品。

很多人常问我，为何戏剧与写作相关？其实戏剧是文学的一个种类，中外古今皆然。我在巴黎求学的时代，散文风格便受了电影蒙太奇的手法影响，视觉风格较强，散文之外，我也写剧本，那时，我没有伟大的文学使命，我是真的爱写散文，觉得散文的形式很适合抒发我在巴黎的感想和思维。散文的形式很像我的生活形式。

我是一个具备多语能力和多元文化性格的人。除了戏剧，我也跨界到了新闻写作。我曾在一九八三年至一九八四年担任《中国时报》海外版纽约记者及一九八七年至一九八八年担任《欧洲日报》的巴黎记者，那两次的工读生涯使我访问了许多国外重要的大人物或小人物，奠定了我写报道的基础。

一九九二年十一月起，我开始驻外记者的工作（今天已是欧洲特派员），那些年的新闻工作使我知道，新闻与写作是截然不同的两件事，我采访过无数国际领袖和精英，去过世界各地，明白台湾与国际社会之间隔着多么遥远的鸿沟，而缺乏远见和格局的台湾领袖，逐渐地分裂台湾，把台湾更加闭锁在自己的地域之中，以至于国际社会也或因现实考量或因资讯缺乏，而把台湾遗忘。

我像波兰著名记者卡普辛斯基（Ryszard Kapuscinski）那样地写，到非洲采访独裁总统，写身为足球迷的他如何为自己盖视听厅看足球赛，当然是用台湾人民的血汗钱。

或者采访自恋狂的冰岛女总统，事后看她如何为了怕得罪中国大陆而说谎自圆其说，我看到台湾地区的外交困境，台湾在全球化的过程中，如何因自我孤立，不断丧失筹码，在国际政治中愈来愈被边缘化了。

在多年的国外放逐生活后，我的家国意识苏醒过来。在某一程度上，我为何写作？我是为了修复那断层和失家而写。我为台湾人而为，也为欧洲人而写，我也以德文在德文媒体发表散文。

而多年来，我从年轻时期开始写日记的习惯从未间断，但我改变写日记的记录方式，我找到一种我称之为“第三者”的角度和立场，我试着模拟那样的眼光，我打量这世界，与我相关的一切。或者正因如此地写，我要求的文字必须更为冷静、旁观及准确。

我为何写作？十几年前，我便和一位也在写作的友人有过争执。我当时坚持，为别人而写啊，不然写了便不需要发表，而她坚持为自己而写。我后来修正想法，写作是为别人而写，也是为自己而写。我思及尼采到锡尔斯-玛利亚山写作，写那本巨著《查拉图斯特拉如是说》，他文思泉涌，十天便写完第一部，他根本不必打草稿，仿佛有人向他口述，他只要快速记下来，那叫附灵说话，尼采后来在序中指出：他的书为无人写，也为所有人写。

多年前，有人问一位法国女作家法朗索瓦丝·萨冈：你为何写作。她的回答只有两个字，中文是五个字：因为我喜欢。尼采或萨冈的说法境界或许不同，但归根究底是同一件事。

我为何写作？为了安顿自己的身心，为了面对阴影，凝聚力量。我为了活下来而写，写作让我活下来，写作让我暂时离开亡故。写作让我忘记悲哀。写作也让我面对死亡。写作逐渐成为一种更美好的死亡。

我为何写作？因为我最终明白，寻求绝对真理和爱的人只能回到写作。这世界上有真理吗？可能没有，只有靠近真理或不靠近，至少写作对我来说，是靠近的最大可能。

而也只有写出来，别人才可能更为明了，虽然我对文字并非全然信任,文字可以载舟,也可以覆舟,它可以感动别人,但也可以带来更大的误会。但我还是愿意写。我开始觉得,即便文字可能带来误会,但是有时误会也可以是美丽的误会。我对文学的误解又多一点宽容。

如果说,我过去十年的生命是由疑神走向问神之路,那么写作便是那问神的记录和自我辨证。因为写作,我确实不再疑神,写作变成和神的沟通。

我为何写作?时至今日,书写已成为我的身分认同。就是书写这件事,而不是其他事,最让我有认同感,因为写作,我认同于自己的文化和母语。我也认同自己。

我为何写作?因为,对我而言,写作是实践自我生命的最大可能。

问神

最初是十岁那年，我一直发烧，四十度，一个星期之久，医生以为我无法存活，但勉力医治。我最终活了下来。从此有一年不太能笑，表情僵硬。我每周都到教会唱诗歌，美国牧师说，你得常祈祷。

耶稣基督，我也曾想过你，在北一女中的操场上空，我看过你，但却是裸体的你，彼时我未见过任何除了我之外的身体。我只能触目惊心。有一阵子不愿再想到你。

多少次，我又忘了你。

然后，观世音菩萨，你的面容在我心里浮现。是女身，低眉垂目，有时站或坐在莲花之上，有时卧着，你该有中国人的样子吗？在宋朝前，你是男身，看起来像中亚人。

在我离开台湾之前，那时的电线杆上全贴满南无观世音菩萨或南无阿弥陀佛的字眼，他们说，只要一直默念便会消灾，我从来没念过。观世音菩萨，是吗？只要一直默念？

我未静心念咒，我只说话打诓写作，说尽似是而非的言语。

那些年，我先去寺庙，后来是去教堂，但只像个游客。

一直到几年前，我在北德丹麦边境的一家旅舍，有人打长途电话给我，“看起来情况不妙。”我整夜没睡，也曾呼唤你的名字，耶稣基督，我一直翻看《六祖坛经》，但我念着你，多少个夜，多少个日，神啊，我开始问：我渴望你的眷顾，我应该做什么？不应该做什么？

观自在菩萨，我也听诵《心经》。我无能远离恐怖。远离颠倒、梦想，究竟涅槃。我也不全然尽信轮回，如何成为佛教徒？如何除去一切苦厄？

而，耶稣基督，天堂的门既然窄狭，若不进天堂，是否就得入地狱？

而耶稣基督，最近在静坐中常看见你，柔和的脸，淡黄的发，碧蓝的眼，仍然高处天空，巴西里约吧，或者北京东四环？我对自己说，神为何总是离我这么遥远？你立刻来到我身边，坐在沙发上等着我冥想。我应跪倒在你面前，但我却没那么做，西藏教徒怎么从拉萨一路拜跪走到德兰沙拉？赎罪的天主教徒如何徒步经过比利牛斯山？

但另一次，我在餐桌前静坐。念头乍现：我便是观世音菩萨。如果我是，我如何看待世人受苦？下一个念头起来，恶魔在我左边瞪着我。而那恶魔竟然是我自己！啊，啊，我几乎要掉泪时，观世音菩萨，你竟然就坐在我右边，慈悲地看着我，我才逐渐安静。我又哭又笑，逐渐可以接受自己。自己的善恶，阴阳，是非。

那几年，我去非洲采访，在布吉纳法索或廷巴布图，市集里有人卖耶稣像。耶稣，你是漆黑的肤色，你的母亲亦然。而在我居住的巴伐利亚，到处都是你的殉难雕像，你被钉在十字架上，你流着血。你又瘦又佝偻。我常想象被钉的酷刑。我很容易想象痛而不容易想象快乐。

耶稣基督，纳粹屠杀犹太人时，你在做什么？而我倾向灾难的选择，不习于平静，不但不会爱人，也不接受被爱，你究竟又有何想法？

我不是从未念及阿拉，穆罕默德先知，你出生时，太阳在金牛座，你的父母在你出生后便相继过世，你在沙漠里长大，是个可靠的人。你的家乡之人不接受你，污辱及殴打你。穆圣，我曾在大马士革的一家茶馆听唱《可兰经》的故事，墙上的阿拉伯书法及一只眼睛看着我，你说，勿嫉妒。我走过那个你住过的旧城，那只眼睛一直跟随着我。

到现在。

穆圣，你说，耶稣未殉难，你当年已差人救走他。穆圣，你认识佛陀或观世音菩萨吗？你怎么看待我？你可能安慰我吗？或者你责备我未努力亲近你？

那只眼睛，那只眼睛是你的眼睛？还是我的？

心湖

阿尔卑斯山长远的轮廓逐渐模糊消退，而从轮廓后面却映出一整片火红，“那是鲜血的颜色啊！”我惊叹，这绝对至高的美，时时出现，再再明显，有时让我平静，让我沉默，有时又让我感到如此无能为力，连描述都做不到。我如何写作？

在湖边。

我一边跑着，感觉自己偏斜的身体落在石头路上的重量，巴伐利亚一望无际的田野平静地等着，我一直看向地平线那边，经过一座小教堂，再经过山边另外一座，二次大战被炸毁，本地的农夫又一砖一砖地盖起，把圣母像挂在里面，我经过两名坐在小教堂门外的朝圣者，他们默然无语，都在看着那火红的夕阳，我跑下山坡，拐弯往左边的小路，我曾经这样跑过无数次了，我在跑时回忆着他人，思想着自己。

冷风轻轻吹起，二〇〇六年，十二月末。

我不知道那两位坐在教堂门外的人为什么还不离去？在想些什么？当年耶稣被犹大出卖时，是否已事先知悉？他又在想些什么?

几个小时后,寒夜将笼罩下来。黑色将占领天空。所有的人和动物都会躲藏。那几匹被圈养的马,一大群一大群安静的母牛,我遇见的猫头鹰,急急忙忙的松鼠家庭,天鹅,飞过天空的鸭子,呱噪的乌鸦。

我从山坡上往下跑时,望着那座著名的安迭许(Andechs)教堂。那些本笃教派的教士们是否在酿啤酒?奥迪罗主教曾为我祝福,并对我说,只要取悦神,你做什么都可以。那就是为什么本笃教士喝酒吃肉、在修道院后面的边间里打撞球。

什么都可以吗?甚至于杀戮?我继续与自己交谈。只要神被取悦,就可以吗?我的眼光望着如镜般的湖面,我在心里对自己说:当年,几百万名犹太人被杀时,神,你在哪里?“文革”时代许许多多中国父母被儿女背叛时,你也在吗?亚美尼亚人该被屠杀?世贸大楼应该倒下来?非洲的饥童应该饿死?

神啊,我是那个无可救药的问神者。我如何得到你的眷念?或者我已经抵达,却又不断地出发寻找?我如今如此疲惫,也没什么主意。我开始问:我在寻找什么?我还在寻找你吗?

在湖边慢跑。

我渴望能和神对话。那是祈祷。我渴望祈祷。但我只会写。神明白我写了什么吗?神让我知道,只有时间才能教导我写作,只有时间和经验。神让我一次一次地经验,所有的美好,所有的残酷。所有的距离、冷漠、无知、自大、忌妒、猜疑。我感受到不同的情感,而大部分的情感都带着暴力性质,大部分的时候,人是无情的,连我自己也沉睡着,事情一件一件地发生,我惊醒了,有时我后悔着,我只能安慰自己要更努力。求取进步,赢得肯定。然后生活会更容易些?仅仅如此吗?人生便是如此吗?

应该不是。但若不求取进步,踏在原地,我是否会虚无?别人的肯定总比别人的不肯定来得好,是吧?我的生活像一艘飘忽在湖面的船,不知航向。但就算我知道航向,绕湖而行,又怎么样呢?晴天时岸边的人都出来走动,你的旁边也有怕相撞的船只;雨天时,湖水晃动不安,别的船都抛锚上岸,行船的人在岸边烤火喝酒。等着暴风雨降临。

然后,然后呢?

我但愿自己变成一个享乐主义者。但我那好奇和犹豫不决的个性使我受苦,我只能在学习和思想中感觉自己还活着,以及活着的意义。我听过太多遍了:活着本身没有意义,不要追求意义,追求意义最无意义。我学过太多教条,我是教条主义者,而非享乐,我问过太多次了,如何享乐?如果我不能,我就不能。

我羡慕自在的人。我常不能自在,只有写作时比较自在。但我的生活不全然只是写作。羡慕也并非高尚的情操,在一些宗教教义中,譬如回教,羡慕容易倾向嫉妒,嫉妒则是罪行。我虽然也有过罪行，但却更忙着追寻、对照、比较、计算、学习。学习，因从来没有学会。而所有我做的事都只能让我伤神，只有望着湖边这事例外，我必须常常凝视那湖，湖里藏着我的人生秘密。

我也凝望天空，那巴伐利亚的蓝天，云常常以神秘不可知的身姿与我相遇。是否那是来自神的讯息？天使的讯息？我猜，我尚未能全然获悉。但我记得好几次神奇的遭遇，和彩霞的相逢。

我在湖边慢跑。那个也在慢跑的男人经过我，他停下来，突然握住我的手，他是温暖的，只想告诉我，他的生活不尽如意，或许也在寻找着什么。“你都是周三出来跑步吗？”离去时他问。我忘了我怎么回答。那湿热的手说明了我对他的感觉。湿，热，迫切的询问，只有询问你才能得到答案？答案是什么？

经过小镇的圣诞市集，许多人围着火圈取暖，一个很瘦的圣诞老人出现一下，就很快消失，另一位很老很老的女人对我说：“真好，活着真好。”她无论如何要活着，且只能快乐地活。她不停地说。我无法停留，无法像她那样地活，我必须跑。

湖滨的路上遇见外地来的人，他们说外语，我和他们打招呼时，他们嗫嚅着什么，我听不清楚。而另一个人以清亮的嗓音向我打招呼：“多么美好的一天，不是吗？”他说。如果你要的话，每天都是美好的一天。那人骑自行车经过，他一直那样信心满满，他一直骑自行车经过，我看过他，都是一个人。

而我跑着。以最慢的速度，赶在夕阳西下之前。

多少次，在湖边时，我有多少想法。那些想法留了下来，或者就被丢了，大部分的时候写作无关灵感，只是纪律，但多少次，我觉得我可以写得更好，把大自然留给我的美感记下，而我其实找不出字来形容，没有，没有足够的字汇，我真的词穷，就像我那贫困的心，我不会爱人，我不会真心爱人，我只会责怪自己，或者别人。我无意如此，但我的爱跟憎恨很像。

那时，我的父亲病了，而母亲的生活无以为继。父亲一辈子只要一个儿子，但他只有女儿，一群无能为力的女儿。都是好女儿，父亲说，但他必须再去中国，即便病死在那里也得成行。我希望届时我能陪伴他，我只能说我希望，因为我不确知，即便只是这样微薄的愿望，我是否可以陪他完成？

别期待我会爱你，就像我不会期待你戒掉赌瘾。这是我在内心与母亲的对话。或者，和神？我带她去养老院探访，我们走在幽暗的走廊，她任意打开一间房间的门。我向房间里的房客道歉。养老院的义工在我们离去前说：“我不确定您母亲真的想住这里哟。”我惶恐地赔罪。我也不确定她能否住下来。别人是否可以忍受我的母亲？我自己已经快不能忍受。不然，她又应该住哪里？母亲应该住哪里？我原是无家的人，我从来没有感受到母亲的存在，但她存在，她是我心里那说不出的埋怨，我一直把愤怒藏在什么地方，我东藏西藏，不会有更好的所在了。

说过多少次了，我是那没人爱的小孩。但我早已够老了，早不再是孩子。只是忆及父母，或者每每看到受父母照顾的孩子，我仍会流泪。我在湖边跑步时痛哭过。我一边跑一边哭。哭完，觉得自己重生了。我再也不要像从前那样地活。

我仍然在湖边慢跑。我也想过，我的人生走到这里，该如何继续？别人如果还不明了我，是不是就不会再明了了？阅读也有可能带来更多的误会？可是我仍然在写作，我仍然有幻觉，这世界会需要我正在写的这一本书。

只有我才会写的那一本书。不管是什么书。

我在湖边跑步时，想着书里的情节和句子。我在心里写那一本本未完成的书。我想，或许那是我的祈祷。我如此和神对话。

台北从未离我远去

离开台北这么多年了。离开这个青春之城，这个城市就像我腼腆的年少，保守、热情但又执著。我离开多少次，也回来多少次，从来都是爱恨交加的关系，就像许多曾经与我命运相系的事物，我总是后悔或者还未后悔之前便担心自己后悔。台北，我从未真心离去。我在严寒的异乡，思想北回归线的故人、自己那离群索居才能内在安宁的人生倾向，这个城市在我的梦中没有面貌形象，只有纠缠萦回。

而台北坚强镇定地存在，像多次动过严重手术的病人，愈合后又重新活着，连台风和地震以及沦陷的政治都没法欺压打垮。我离开太久，城市漂浮在我的记忆和梦的边陲。我再度回来。我常常觉得我应该再度回来。我以为我是为了父亲回来，我曾经也以为我是为了父亲离去，我的父亲对这个城市也是爱恨交加，他曾说他不要死在这里，即便病重他也要去中国大陆（他没用“回”字），他曾说他希望自己的骨灰可以洒在台湾海峡之上。我应该再确定一次他的希望无误吗？我应该再书写我的父亲吗?

台北的身世便是我的身世。

我的年少是这个城市留给我的暧昧之感,对自己的童贞并没有教条般地防护,到二十二岁仍是处女,对性浑然不觉,以为接吻后即将怀孕,忐忑不安。那时,感受的不是异性的吸引,而是对自身的不解和彷徨。我爱上一位聋哑者,为了他,学了一整年的手语,我是如此地正常,我是如此地不正常,整座城市悬在我脚下,那时,他打开我衬衫的纽扣,他将舌置入我的唇内,他无法说话,或许也勿须说话,沉默的世界只剩下动作和手势,我无法以动作交谈,我无法谈论我的沉默。

失声的世界何如?我想象这个城市如同想象这位男子,但男子并不爱我,他转身与别人调情,我的城市背弃我而去,那些黯淡的夜火似乎正嘲弄着我,我应该如何好好活着?我是怎么祥的一名女子?我在城市中跌跌撞撞,有人曾经扶我一把,有人踩我一脚,大部分的人无法明白我的不安和渴望。

我渴望明白自身。我渴望远行,我渴望真相和爱。

我那时不知,并非距离,才能让我明白这一切。世间没有真相,或许也没有全然无条件的爱。或许我错了,我只能试着紧靠着我认为的真相,就像行动不便的人依赖拄杖,我愈来愈依赖着那些对我还有好心好意的人。但多半是陌路人。我自己不一直就是陌路人?

这个城市的命运果真与我的命运合一。曾经为了躲避身世的迷惑，为了追求矇然的情感和梦想（真是颠倒梦想），一再远走，只想脱离父亲与母亲所带给我的不幸与难堪，我一直这么以为，我常常确立心志，我不要像他们那样地活，而有一天，父亲突然倒下。

回到台北，突然意识到，我将再也无法逃离自己的父亲，我即将失去我的父亲。而伤心又愤怒的母亲看着我。我是那无情无义没心肝的女儿，我是那叛逆及无政府主义者的女儿。我说，妈，你难道就不能带给别人一丝快乐，你难道永远都必须处于那如此一般的痛苦？我似乎在问自己，这个问题如果是人生议题，许多圣者包括佛陀早已有解答，而我的母亲却常在无眠的月夜里惊恐和叹气？

多少的月夜，我也在他乡的房间里惊恐和叹气，神如果给我一个功课，那题目便是孤孑一身，我在异地磨炼忍受孤独的本事，我只有生病的躯体，除了自己，无人可盛载。我如今如此坚强，但别人也许觉得我高傲冷漠，在人群或饭局中，别人察觉：你竟然如此寂寞或落寞。其实我没有，其实我本来便是一个孤独的人，他们说一只牛牵到哪里都是一只牛，确实，我的内在是一只难以驯服的动物，连我自己都必须忍受，不能无故招惹。

多年后，这个城市以柔情呼唤我。我从来不曾像现在如此感受到那样的情感，城市依然如故，像一个丑陋的情人，不知如何装扮自己，总是被人蜚短流长，但是这个城市以温柔的眼神看我，我并非异乡人，我也不会在这城里感觉自己被遗弃，不会，不会了，那是台北郊区的童年，遥远的童年，父母将我带到台中外婆家，不告而别，我在另一个城市想象自己回到台北，我以为自己只要走过一条河，穿越过一个野台戏的戏台，便可回到台北。

而我一直走，一直走，我已经抵达。台北，从未离我而去。

一切如此巧或不巧。

他在 S 来找我时打电话给我。

S 是我关系复杂的德国男友,大老远专程来拜访我十天,这对他是牺牲。而他则是一位莫名其妙追着我的法国人,行踪不定。

但他又出现了,他说,他回来了。

我站在我那空旷的客厅里,手持电话,心里有点惆怅,也有点庆幸。

他为什么现在才打电话给我呢? 还好,他刚好现在打给我。

我的声音有点不太在乎,他听得出来。我也想最好他听得出来。

他说他想看我。

我没回答。

我静默,他也陪着我静默。我随口问他,为什么现在才想到？那以前呢？以前，他常无故出现，又无故消失。

他说，情况变了，他也变了。

我们也许可以认真交往看看。

他这么说时，我有点感动，其实我也喜欢他啊。

但他又说，我来巴黎要为女友买绘画颜料，ma copine，他说。

你又来烦我了，我心想。

他开始谈我，他谈起他如何被我吸引。

他用“占有欲很强”、“没有安全感”这些字眼形容我，他的法文用词是，我是那种“害怕面对自己”的人。他还说，我有一种很女性的味道，使他没法忘记。是吗，那我到底要怎么才会把你忘了啊？我这么想，但也没告诉他。

我们的谈话正如我们的关系，如此不清不楚。他给我一个约会时间，他说他会等我，不管我来或者不来。

我本来要去洗手，却坐在浴室地板上呻吟。

S 打开门问我怎么了。为了一个男人，我说。什么男人？他很惊讶。我不知道，我很想哭。我怕失去。失去什么？我也不知道……

别再问我了。

我很迷茫。

我想重新建立某种秩序。

我想知道为什么自己这么心绪不宁。

我一直等到隔天。

我打了电话到旅馆留言。我不能去。

但如果我去了呢。

我们又会坐在咖啡馆谈，我们谈了那么多，但我们到底谈了什么啊。我已经忘了自己为什么喜欢他。

模糊。但为什么要清楚。

他疯狂激烈地吻我，是否，他也那样吻他的法国女人或上海女人。我想象中的那些女人。

他，还有那不合时宜的中世纪骑士般的浪漫和优雅，讲话有轻微口音的法国南部人，住普罗旺斯附近，在上海、北京工作，他老说，他必须搬来巴黎。

他老说，小女孩，爱情游戏很危险。他也老说，爱情像下围棋。如何势均，如何玩诈，你懂吗？

我不懂才怪呢。但我没告诉他。

我整夜都在想他，但现在却无法客观描述，我大约永远不可能客观描述他。

我心充满着悲伤，好像谁死了。

我根本不曾拥有过什么，又在乎失去什么呢？有什么可失去？

顶多就是我对他的记忆，还有我的青春。

今天该去赴约吗？我已经想了多少遍。这是什么样的约会呢？

这位可恶的卷发、身瘦的法国男子，常常出现在我念头里的男子。

可能只能错失。

我知道，这次错失，就错失了。

晚上，我和 S 去搭塞纳河游船，绕河一圈。我站在无人的前舱，吹风，想心事。

S 看起来很爱我。

情人杜拉斯

我眺望着湖边，外面大雪纷飞，天地茫茫，已完全看不见湖滨小路。今年冬天比往年更冷，使我又埋首读书。

现在我重读杜拉斯的《情人》，二十年前已读过了，Les Éditions de Minuit 出版的书已经发黄得像一册古籍，四十九法郎的 Fnac 标签还贴在封面，那么多年，我已搬过多少次家，丢过多少书，但这本书却一直还留着，仿佛已化身成为我年少的思想证物。

那些年，那些动人心魂的女性灵魂如何安慰和召唤着我？

我开始学法语时便喜欢杜拉斯，因为她的法文极简，直接真实并且不矫揉造作，我爱上那么纯粹的法文和表达。法文作家我只爱读杜拉斯和普鲁斯特。我也一直以为，如果写作，我该像杜拉斯那么写。在那些巴黎的日子，我曾想过写作，但那时的我还不清楚自己到底在追寻什么，我那时觉得自己不是非写不可的人，我甚至可以不写。

重读杜拉斯，我想起那些年是怎么过的。我的巴黎日子总是围绕蒙巴纳斯那个地块,我的学校在那里,我住在十四区,常常在那里转车到圣休比斯或圣杰曼,也常常坐在杜拉斯的初恋情人去过的 La Coupole 或 La Rotonde 喝草茶,我的情人也都住在那附近,一尊巴尔扎克的雕像,几个小公园,那些让我陷入无止无境烦恼的情人,我似乎并不是真的爱他们,也许只是因为不耐孤独而情愿和他们相处,他们像来回票,而回程总是用不上,或者像一个个理不清的谜题,我一直只在细节上打转,在厘清答案前便无由地终止。没有线索也没有暗示。像一本本读不懂的使用说明书。我很少恍然大悟。

因为盲目,因为任性,也因为没有人爱我。但我爱你,爱得快疯了,男人说。我什么都没说,我也可以说,其实我并不爱你,但我没说。我沉默着。我是孤单的,像杜拉斯的情人。是的,我也是,她写,我不要你爱我,如果你非爱我不可,那么你就像爱别的女人那样爱我就可以了,杜拉斯说。她的情人痛苦地看着她,原来你并不爱我。他流泪了。

我也几乎要流泪了。我常常不能明白为什么别人活得那么自然,就像打开门窗,或者拾起衣裤,仿佛他们的生活有一套法则,而我从未学过那样的法律,我只能凭直觉行事,我只知道晚上十点过后不应该打电话给别人,就算熟人都该避免,或者,你不能跟一个男人回家,如果你这么做,他会认为你打算跟他上床。我不知道,还有什么规定?还有什么我必须遵守的游戏规则?

杜拉斯的情人问，你可以跟我回家，你是不是可以跟任何人？我不知道，这是我第一次这么做。你是因为钱才跟着我？我不知道，我看到你时，你便是一个有钱的人。我没法分辨是不是因为钱。

不，不是因为钱。虽然我的父母没有给我多少钱。我的年少生活如此不可理喻，如此贫穷和荒芜，又如此豪华和丰富，我说不出所以然来，也不明白所以，只能诚惶诚恐。我必须认识一个跟我一样的人，以便知道自己并不是疯子。但我始终没遇见。我到哪里都没遇见。我遇见许多与我完全不一样的人，我曾试着加入那些人，或者变成像他们那样的人，我愿意放逐自我，变成他们，但我不知道如何做，我已经放弃这么多了。如何更放弃？

我去过一个摩洛哥男人的家，我立刻发现自己错了。那是一间单身男人的寂寥房间。我们喝着薄荷茶。他有一张好看的脸孔，是那张脸孔使我来到这里。他可能只拥有那张脸孔。我沉默地坐在桌前，他也沉默着，然后我站起身，他也站起身。我说我必须走了，他说请留下来，请你。我说不，我真的得走了，虽然我们还没说什么。我们也没什么可说。我走向门，他也走向门，我按下门把，他无助地往后退。我必须走，我的身体没办法留在这里，我无法忍受孤单男子身体散发的气味，我必须离开，离开一个陌生人的寂寞生活。我是孤单的，你也是。什么可以让你留下，是钱吗，他掏出好几张法郎大钞。不是，不是钱，我步向楼梯。我那时不知道，现在我知道了，我只是想认识你，我只想知道你的孤单与我的是不是一样。是不一样的孤单。现在我知道了。我必须走。

你不会遇见任何跟你一样的人。是的，我不会遇见任何跟我一样的人。没有人感到孤单，就算有人这么觉得，他们也不会承认。在这个城市，在这个忧郁之城，你得小心把忧伤隐藏起来，人们总是那么礼貌客气，那是距离，那是包装自己最好的办法。我没法客气礼貌，我常常露出悲戚的神色，这个世界是怎么回事？我是怎么回事？

那时的我并不写作。我像个执迷不悟的人，进戏剧学院学表演，我是那么害羞，没有人知道，连我也不知道，为什么非学表演不可？我想变成演员，我想学会客气礼貌，我想变成他们，他们活得那么自然，他们的生活像衣裤一样，一穿进去即成，而我没办法把自己的悲伤包装起来，我只能像个疯子。一个孤单的人。

是杜拉斯让我明白我不是疯子。我也是孤单的，我也不喜欢温柔。醉酒的杜拉斯，酒精中毒的杜拉斯。她那张毁灭的脸，她那张少女的脸。情人爱过、抚摸过、印度支那阳光晒过的脸，仿佛显现着欢乐。但她不是。才是少女，一次恋爱就变老了，很老很老。那时站在湄公河畔，穿着母亲的白色旧丝洋装，系着男人的棕皮带，戴着一顶男人的帽子。我必须走，我必须写东西，写什么？母亲不解地问：写什么？写书。写小说。写那些我永远不会跟你说的事。

我再也不能留在那令人困窘的家里,我的父亲一生只想要个儿子,他没有儿子,他只有一心出走的女儿。我得出去。写书,写小说。我在巴黎也这么想过,我也经常戴着一顶威尼斯船人的草帽,在街头行走,我的眼睛下垂,我以那样的眼光打量这个世界。我在阁楼房间醒来,窗外是巴黎的灰锡皮屋顶,耳边总是鸽子的咕噜咕噜声。我开始假装自己也活得好好的,虽然是形影孤单的一个人。我去了西班牙,我去了纽约,我去了老远的地方,我想我在任何城市都可以活得好好的,虽然我一文不名,虽然我常常没做什么只是独处,虽然我只是读书看电影或听音乐就会轻易落泪。我想写作,这个想法安慰了我很多年,但我没动笔。我去了剧场,那些年我都留在剧场。

我曾经那么忧郁悲伤,活得像一具死尸。死尸,一个无人的所在,杜拉斯说,在她死前,在她死后,那些句子都活着,都活在我的脑里。那么多年后,我才回到写作,我才知道怎么写,我回到自己,我回到我的房间,我在湖边醒来,我在情人身边醒来,我从来不客气礼貌,我很粗糙,尤其是感情的表达,我不想刻意呈现美好,或者动辄感恩致谢,我真是一点也不想。我再也没打算遇见跟我一样的人,没有这样的人,没有,应该没有。但我现在活得好好的,不必假装,这个世界还是原来那个世界。

我在写作。我想起杜拉斯。

杜拉斯

师父问弟子:是谁拖着死尸?

师父是德国人,年轻时曾发重病,医生说他活不了多久,他一个人去印度,已多活了三十年。师父卖乐器和椅垫。我们去和他学静坐时,就坐在他卖的货品中间,他是一个很喜欢说教的师父。他平常的身份是商店老板,曾经卖一个椅垫给我,我以为十七欧元,但师父说是一百七十欧元。师父并没有不好意思,是我不好意思。我和他上过周末课,我和他上过晚上自由课。

师父说,不要老想求全,而是让状况自然发生。去感觉发生了什么,去观看每一个时刻。停伫,但并不留念。

又说,身体是一个宇宙。眼观鼻,鼻观心,专注呼吸,细慢长。身体是宇宙的微观缩影。所以,一叶可以知秋,一粒沙也可以看见世界。

师父教的是佛陀曾练习过的修行法,据说是最古老的修行法。德国师父一边静坐一边以他那低沉的声音对我们做出指示,我静坐时想及:静坐时尚出声,不但我们,且不知他自己还能静坐否?

在静坐当中,师父不断地发言提醒,不疾不徐,几乎像催眠:不做归类,不做判断,没有分别(辨),没有了解,没有回忆(追想),不去思维,不留情绪……如此多的断绝,如此少的情感,只为了回到同一个思想:无。

在一个梦中,屋顶被强风吹垮了。我自己很清楚,这梦暗示的是我的身体。

在静坐结束骑自行车沿河回家时,突然忆起自己的童年,无父母关爱,无任何可亲近之人,常常怕鬼,甚至怯生。但记忆随风而去,没留下什么。

身体论:洗头后吹发,站着,极不舒服,改坐在椅子上,才觉得身体不那么痛。在此之前,从来没想到,我大可坐下来。现在,我终于想到。在此之前,都是身体跟着思想打转,跑来跑去,东奔西走。现在,第一次思想跟随身体。

师父说,不必分辨。而我时时分辨,我的分辨心太强,利如刃,那是多少年来的累积和经验,多少心智。却只能切断片片思维。无法连续成有生命力的思想。

去上师父的静坐课,遇到他在门口打扫(他此刻是乐器行老板,店里刚好有许多新货乍到),他看到我后立刻告诉我,他今天没空,已把课程取消。师父看起来极疲惫,可能店里杂务太多或者最近一心想扩张店务?这对他的修行不利。而师父取消了我等待的课,我心里某处的怀疑因而适时出现:是否应继续和他学?

分辨心带来怀疑。对师父的怀疑,其实是对自己的怀疑。

弟子问师父:狗子有无佛性?师父是赵州和尚,他说:无。

集中意识于呼吸。寻找身体的重心。没有人可以承载这具身体,除了我自己。

只有佛才可能知道佛在想什么。

静坐时,大中午,突然有两个恶思维闯入。一是屋内着火,而我试着灭火。一是楼房倒塌。静坐时,异度敏感,对声音,对任何音响,包括屋内发出的细微声音都可以使我震撼。

我仍然疑神疑鬼。

沙漠修士(ABBA 是男性,ABMA 是女性)在叙利亚与埃及沙漠洞里静坐,那些人不想被别人打扰,坐在沙洞内,公元二五〇年,那时的人认为忧郁很正常,一些人到沙漠找沙洞,去静坐。沙漠修士的真谛是不要逃避自我。思想便是感情,不要一次有太多思想,尽量面对一个思想。

他们有的人一生全在洞里度过,很多年。一些忧郁的人也来沙漠找他们,在洞外请他们提供意见。在那个年代也有女人去沙漠修行。但沙漠修士全不说话,来的人大多数都走了,少数留下,在沙洞之外,继续找一个沙洞。

静坐时发现,疼痛未必就在我本来以为疼痛的地方。

师父老说：回来。到达不必高兴，离开也不必犹豫。回来。再回来。

回来？回到哪里？万法归一，一归何处。一归何处？赵州和尚说他在青州做了一件布衫，重达七斤。

或者，是归于自己，回到本性。但没有什么比“本性”这个观念更抽象了。

师父又说：感觉此时此刻。他一直强调，此时此刻。正在活着的此时此刻，正在死去的此时此刻。

一位我爱过的男人说，你一直问以后，甚至更以后。现在呢？我们正在谈话的现在呢？

道本无言，因言显道。

那一年在印度普纳学瑜伽，有个师父，不是奥修，他穿印度圣者的衣饰，人们把他头上发光的放大照挂在每一间瑜伽练习室里，许多当地富人来练习瑜伽，他们的仆人或司机必须站在练习室里等，那些人只等，不练。我看到他们在心里偷偷地练习。

而师父已“改良”了瑜伽，或者，他把瑜伽改得更复杂。练师父的瑜伽，每个人都需要绳子，而且人很可能会被绑起来，或挂在墙上。

我一直未被吊挂起来，为此，当时，我一直有点嫉妒那些被吊挂的人。

但我常去师父女儿开的美容院，那是全普纳最豪华的一家。

在普纳的日子,以及后来的日子:信,疑,悟。疑,信。疑……

然后我在英国碰见另一位牛津毕业的印度师父,他说,如果你在街上遇见佛陀,请当场把他杀死。没有师父,你自己便是师父。没有佛陀,你自己便是佛陀。佛陀只存在你自己的心性中。

见道就要忘言。

就这么简单:喝茶时就好好喝茶(享受茶滋味),走路时就好好走路(不要想心事或东张西望)。

英国师父分析我:你被表面或形式吸引,在知识之海漂流,越漂越远,你看不到岸,回不了家,你的灵魂病了,所以你的身体也病了。

还有,你能凭意志取得知识,却无法得到智慧。可以上床躺下,却无法睡着;可以进食,却没有食欲;顺从但不是谦卑,顾虑道德但不是美德。自我肯定或是虚张声势但不是勇气;欲望而不是爱,同情而不是共鸣,祝贺却不是钦佩;虔诚,却不是信心;阅读,而不是心领神会。

远在台中的一位师父则在长途电话上说,人若是因想解决失眠问题而专程来此学静坐,那不必来。

有关修禅的奥秘,乐器店老板师父又教我一点:需要多些勇气(mit mehr mut)。但,我不明白究竟。或者,我没有,勇气。

我如何解释师父的意思？全然的理智或许无法打开禅的奥秘，但只有坚强的心灵才可能啜饮无尽的泉源？但我如此懦弱，如何坚强？

我也在想这个公案：是谁拖着死尸？

拿起矿泉水水瓶便喝，发现并非身体的渴在要求我这么做，而是心里的渴。心里的渴，我不由自主地重复写下这四字。

进餐速度慢了，察觉食物的滋味，譬如洋菇沙拉，又譬如糙米。决定自制龟苓膏，按照说明书做了四碗半。

放心。试着放下心中的那把尺。凡事不必衡量再衡量。放下，就是搁在旁边。

如何是佛？干屎橛。①

几次与自己的病痛对话，对话无故中断，很快更无故中断。

我仍然有幻想：若我能逃开这一切就好了，一切就好了。但，我怎么逃开自己？

我只能与自己的躯体相处，我无法逃开。道谦告诉宗元，除了你自己之外，谁也不可能拖着你的身体在路上走。

神光：我心不安，求师父替我安心。

达摩：把你的心取来，我就替你安。

波兰著名诗人米洛兹（Miloz）说：如果你非要遇见魔鬼不可，你便会遇见他们。他说，魔鬼多半长得很矮。魔鬼长得

---

① 为禅林用语。原指试净人粪之橛（即厕等），佛家比喻至秽至贱之物。

很矮？

“早安，您得救了”医院的医护人员打电话来，“我们弄错了，您得的不是癌症。”那时我刚起床不久，坐在早餐餐桌前，正慢慢吞食着麦片粥，对人生还毫无想法。

中古时代欧洲女巫的命运：常被人绑上石头丢入水中，你若通巫术那么你自然可以解脱，你若不通巫术，那你当然就只能死。

我的复健科医生也在扮演师父：您应该做些疯狂的事。譬如跳舞，或者别的。或者别的？

他还老谈性格，问职业，一听说写作这个字，啊，是不同的（比较麻烦的）病人群，你们这种人容易得病。写作者容易得病。作家是要命的职业。

师父要我立地成佛。站定脚跟，挺直脊梁，无分昼夜，无参处参，无疑处疑，东西不辨，南北不分。

谁是佛？麻三斤。①

终于逐渐明白：我在寻找的并非医生也不是师父，而是全知全能的神。

以及，佛只能在我的自己里面。

更换师父正像搬家或换家具。开始第一天练功，向西南方，晚上九点，在森林。

---

① 禅宗公案。

我必须与人为善，加州师父的教诲。他并询问我最近感觉如何。愚蠢之极。我说的是实话。任何团体都不合适我，任何。师父再问：你们这些人，你，为什么老把团体当成敌人或洪水野兽呢？团体有那么可怕吗？

我似乎只能在社会团体或自我中做一抉择，我无法将二者融合为一，对我而言，师父的道理似是而非：化缘及画圆。我或许无法纯然为自己活，但亦不想为别人而活，我还没准备好将自我舍弃。虽然我知道，有一天我必然将舍弃。

那时，每一个成员都过来拥抱我，很多人都说，我们真的爱你哟，相信我们，我们是你永远的朋友。我不能忍受这些话。T问，为什么不相信？不是不相信，而是，不但“我们真的很爱你”这句话对我没有意义，“我们真的很爱你”这件事对我也没有意义。

“好吧。”T说。他又问：那么，你的求生意志在哪里？

曾经觉得“师父”不管我（别人也不喜欢我，父母遗弃我），后来师父和我交谈，我才稍微安心。他一走，我便又回到小时候经历过的苦痛，母亲把我带到台中的外婆家，不告而别，当我发现她不会再回来时，我求助无门，以穿脑般的尖叫声哭了一整夜。

关于我的父亲：我曾经那么爱他，但却没能靠近他。而我那自毁倾向的母亲只把自惭形秽之感留给我。

再问师父：如何祈祷？师父说，只有知道神性为何，才能和神沟通。又问师父：真理何在？师父回答，日出月落，秋去冬来，宇宙恒常，便是真理。

我还在追寻什么真理？

我一次又一次地自我辩证：所有的真理都不是真理，如果我没活过。

我从来没在街上遇见佛陀。

我仍然等着。

是谁拖着死尸？

巴伐利亚的蓝光

“那个城市有一种独特的蓝光。”一个朋友说，但是他找不到任何字可以形容那蓝色，他说，那是一种慕尼黑天空下才有的蓝，那是巴伐利亚的蓝。

巴伐利亚的蓝。

我以前也想象过蓝光，想象爱斯基摩人对光的描绘。那是一种回家的渴望吧！沙漠旅人对水田的幻影吧！会不会是一种神驰，像做爱高潮时眼皮上的跳跃闪动，或者像耶稣显灵时出现的大地光束？当然，那只会出现在教会印的明信片上，而他们说那是宇宙力量穿过云层射向大地的光。或者是一双我什么时候遇见过的淡蓝眼珠，那望向我的热烈光芒。那淡蓝色的信仰。

有时觉得那蓝光可能只是一种想象，几万年前的人正因为那想象力，在黑暗混沌大地找到了火种，找到了希望，那是对爱的需求，那是灵魂渴望与另一个灵魂融合为一的叫喊。但绝大部分的世俗生活使人对真实失去了想象，所以没有看见那蓝光。

我也不确定我看到的便是那蓝。就像多少星球从外太空陨落在银河之外,我们看见时它已陨落了多少个数万亿年。数万亿年后的光,光年元年出发的星球,多少次被忽视的光之旅。多少次被忽略的小说章节,还未展开情恋的恋情,已经死亡的亡故。

我在意大利托斯卡纳山区看过天光云影,那是达·芬奇的画像,那是波提切利画像里的光线,那是一场革命,那是文艺复兴,意大利文化中对传统有一种漫不经心,那是一种全然的自信。虽则那蓝色与巴伐利亚可以相提,但却又无法比拟。

在澳大利亚爱利斯泉驾车旅行时看过一种独特的云,没错,云和人一样都有自己的个性和特征,每个地方的云都不相同,我刚好也在五万年的热带雨林里看过古老天空。甚至,在太平洋茅利岛的火山上看过云雾,在永昼的国度看过太阳,在更南的疆土上直视日全食。

而我却从未在别地看过那样的蓝光。

那浅显却不能透视的蓝,那应该是阿尔卑斯山上的白雪回映在湖上的颜色。那应该是"蓝骑士"画家们在蓝骑士时代(Der Blauer Reiter)的灵感。一种幻想,一种精神,一种对自由的坚持,那是路易二世对艺术的偏好,他在山上建盖古堡,他在地窖里打造人工湖,为了聆听瓦格纳,为了追求一个神话梦土。

从前,我还未来过这个城市的时候,我只知道那里有啤酒和面包。一个男人邀请我去那个城市。“慕尼黑”,他提起这个名字,仿佛提起内心的秘密,“那是一个等着你来拜访的城。”

慕尼黑为什么叫慕尼黑呢?我问过他。这里以前有很多修道院,城市是由修道士得名,中文翻译则没有人懂,譬如为什么是黑呢?我觉得这三个字是一个咒语,它可以从帽子变成一只兔子,就像巴黎或罗马的吉普赛乞儿行乞,他拿着一张写着几个字的白纸,你探头一看,转身便被偷去了钱包,你对那高明的骗术惊讶无比,那纸上只是一个名字。我去了那个城市,先是学习德语,然后便住了下来。才转眼间,我从一个女孩变成女人。

那时,对生活有太多期望。常常经过鞋店为自己买鞋。常常去邮局寄信,寄邮包。每个下午经过同一条街,那条街上都是理发店,经过市场,站在露天的果汁店吸吮奇异果汁或小麦草汁,买一人份的面包,经过买花的人,经过教堂,经过遛狗的人及被遛的狗,走路到语言学校,傍晚又走路回家。

在超级市场里绕圈子,构思晚餐或人生的内容:香蕉为什么是弯的呢?月亮为什么是圆的?女老师嘴上有胡子,警员的制服很华丽。那时我的生活是一个听起来有点悲愁的爱情,我把它像牙膏般挤压成一首诗。

那是一首逐渐遗失旋律的歌。

我曾住在城市的高楼上,每每看不到太多安静的内心景色，我回忆着，那时的我朝向北方，骑着脚踏车，沿着日光街向前，一个陌生男人开车跟着，他超越过我后停车询问："你愿意与我共度一生吗?"噢，不，想了大约三秒，我甚至不知道我是否有能耐与别人，与任何人，共度一宵。时间是渐进地失序，有时是凶猛的治疗，我活过来了，在那个城市，继续骑着脚踏车，在有人喂食白天鹅的公园湖边喝过啤酒，骑车骑到完全相反的方向，离家愈来愈远，愈来愈远，有一天，我才终于醒来。

有些下午，我在家沉思，冥想远方的人。另外一些下午，我显得较为慌张，站在花园看着飞过的鸟，或者听舒伯特。为什么鸟似乎总是知道要飞往何处？我打算给谁写一封信，我站着时不小心酝酿出想法，并且有一个美好的开首句子。那封信我始终放在心中的一个抽屉，我曾经多次像雷蒙德·卡佛一样，有个像他写过的那样的故事题材，但我一直还没动笔。

"以规模来看，这是一个适合人居的城市，不大也不小。"说话的人是我的医生，他坐在河边诊所应诊，有空时会眺望河边景色。我想知道悲伤时心为什么会痛，那颗跳动的心脏，还好，后来几年的我不常悲伤。我跟他一样也住在河边，我跟他一样也眺望窗外，但我并不经常在家，无论站在何地的旅馆，我也都眺望窗外，我以为我必须。

我也以为，我可以像站在窗前的彼时那样活下去。

我离开过太多次，也回来过太多次。这个城市偶尔疲惫偶尔黯然失色。我去别的城市，回来时带着背叛情人的心情，对于这个城市，我的确不够忠实，而且并不会因此不安，不但再也没在街上遇见那个人，想到他时也不必一根接一根地抽烟。因为分处两地的情感终究如我所预料那么一般，会逐渐变质，像布料那样会褪色。只是你的名片一直被我夹在一本书里，我并没忘记。不久，我与一个陌生人结婚。

他就在电影院门口看见我。他说，他从来没看过像我这么悲伤的人，他是因为我的悲伤爱上我。我和他在餐馆闲聊时，一个摄影者不由分说便拿起摄影机按下快门。没错，我正在笑，我看见了光，那光唤起我所有对这个城市的记忆。

不是别的城市，正是这个城市，慕尼黑。湖上结冰时，我和他踱步走过，像基督行走水上。以前，我的灵魂不住在这个城市，像波兰导演基斯洛夫斯基电影里的双面维诺妮卡，我的身体却留在这里，像空荡的客厅，只有简单的歌曲陪伴我；那是李奥纳多·科恩（Leonard Cohen）在加州跟随日本师父的日子。有些日子长得古怪而不合情理，有些日子那么顽固，像这里的冬天，有些日子令人难舍，但大部分的日子来了又走了，没有证据，也没有不在场的证据。

但我远比那些年更坚强了。

我不确定我们将有几个人生，假设我只有一个人生呢？我逐渐明白，是那蓝光让我在这个城市留下来，是爱，让我留下来。我住在这个我曾经想逃离却未逃离的城市，我最终明白，天地之大，我不需逃离，也再无所谓逃离。

我说的是斯坦伯格。

斯坦伯格(Starnberg)县位于德国慕尼黑南方三十公里,以湖景闻名于世,是个人文聚集之地,许多名人都在这里住过,包括德国大文豪托马斯·曼,希特勒最爱的才女摄影家列妮·丽芬斯达尔(Leni Riefenstahl)及史诗剧场的布莱希特,大诗人艾略特经过这里,深为湖光山色所感,也曾在此短居,写了无数动人的诗。

其中,最特殊的一位斯坦伯格居民应该是路易二世。他便是那个热爱瓦格纳的巴伐利亚国王,为了聆听瓦格纳的《唐怀瑟》,他在皇宫地窖里造了一个人工湖,早在爱迪生发明电的同时,便邀请他来为地窖设计舞台灯光。他也耗资在阿尔卑斯山麓之上盖了梦幻皇宫,命名为新天鹅堡的皇宫后来成为迪斯尼乐园的精神指标,他只在那里住了几天,便死了。

我扯远了。我要说的是他死于斯坦伯格湖,且他一生也与斯坦伯格密不可分,而巴伐利亚王国的国旗是蓝白相间的图案，指的是一种巴伐利亚的蓝光，这种光线是经由阿尔卑斯山上的雪反射到湖边才可能出现，巴伐利亚的蓝天，斯坦伯格的湖光，我必须说，我从小是在台北县长大的，而我现在却因斯坦伯格而远居。

斯坦伯格有说不完的故事。路易二世年纪轻轻便死了，死因不明，有人说他是自杀，有人说是谋杀，因为他滥用国库造城堡，也不理政事。还好他留下了新天鹅堡，并且长期资助瓦格纳，让后者无后顾之忧地创作，作了许多撼动人心的作品。

我骑自行车去斯坦伯格，我去了路易二世溺水的地方，后世为他在溺水地架起十字架，并盖了一个小教堂，我在黄昏时坐在斯坦伯格的东岸，心里惊喊着：天啊，这么完美的地方。这么完美的死亡之处。那时太阳西斜，两位恋人肩靠着肩坐在十字架前的铁栏杆上。我看着他们的背影，我都说过了，我是为了那光而在这个城市留下，整整十六年了。

之前我在许多别的城市，也曾在心里那样惊呼。譬如在意大利托斯卡纳一个叫莫特普契安诺（Montepulchiano）的小镇，我坐在城中心的教堂阶梯上，那个下午，我想呼唤神的名字，但找不到名字，我就坐在那里。还有许多别的城市，我可能爱过所有我去过的城市，二十岁出头的巴黎，那里有最美的雪景和塞纳河畔，之后在纽约，一样的惊艳，每天在曼哈顿城里走动，遇见了多少精彩美丽的人们。

现在是斯坦伯格湖。

夏天时我常来这里游泳，湖水清澈，有天鹅为伴，我也常坐在湖边想心事，在附近爬山走路。许多艺术家仍住在这里，我相信就是为了这湖光的信仰，这是一个精神性的湖滨，除了作家和富翁，也住了很多巫婆，那些巫婆不会像中世纪一样被绑上石头丢进湖里，那些巫婆勤于读书，去了世界各地，她们什么都知道，而最重要的，她们知道斯坦伯格湖里有一种力量，这力量可以治疗，可以祛病，也可以使人更健康。根据德国媒体的统计，住在斯坦伯格的人不但最富有最健康，除此之外，也是最快乐的族群。

斯坦伯格住了许多奇人，罗塔-昆特·布汉也是一位。这位先生在湖边盖了一栋博物馆，收藏他个人的艺术收藏品，四年前开幕时我来过，在那里看到他收藏的徐悲鸿画的马，罗塔-昆特·布汉先生从小是个绘画天才，他也非常喜欢水彩，他的侄子也住在斯坦伯格，正好是我的牙医，诊所里全挂满了布汉早期的水彩，那些水彩有中国水墨画的感觉，难怪他本人那么欣赏齐白石，他在上世纪七十年代起收藏中国艺术品，那些古玩或画作虽然是传统的作品，但被他收集，就像他收藏的印象派和蓝骑士画派，便带有那么一点他自己个人的品位。

就是这样人文色彩浓厚并深具山光水色的小城，是台北县的姐妹城。每年从台北来的艺术家或团体会来斯坦伯格做客访问或表演，二〇〇五年，由汪其楣带领的豫剧团在此表演过，在这个神奇的湖边，这里的观众崇尚东方文化，他们虽绝大多数没去过台北县，但是在他们的想象里，那里充满了晚清山水画的景致，那里的人有八大山人的情怀。布汉博物馆正在展出中国周。

有空，你也应该来斯坦伯格走走。

Jena

我与明夏

我本来只是去看一部电影，没想到却在电影院与一个人相遇，而且在几天内便结了婚，这个人便是明夏。

那是一个冬天，一个平凡无奇的早冬天气，戏院大厅里人群伫立，电影还未开始放映，我走进大厅等候，一些人站着喝咖啡和聊天，我看见了站在角落里的一个男人在笑。

他在笑，不知为什么，他在角落里一径地笑着，我想这个人有点怪，这个最初印象，在结婚那么多年后都没改变，我仍然觉得他有一点怪，总有出人意表的言谈和玩笑话。但他脾气非常好，非常和气，很达观，有点禅者的味道。跟我完全不同。我情绪不稳，常把罪过推给他。有时我激动地说话，他却睡着了。醒来，立刻道歉，问我他是否应去煮咖啡，把自己弄醒。影片还没开始放映，我听见门口有人走过来，回头一看，正好是他。他迟疑了一下，走过来坐在我旁边，整个电影院偌大，也没几个观众，他却选择坐在我身边。他说，对他而言，这个决定不是很容易，反正，他走过来了，我问他好，他却急着将他的毛衣脱下来，他说:让我脱掉毛衣,才好说话。这就是他认识我的第一句话。他后来很后悔。

我虽然一向喜欢施瓦辛格的电影,但是这部“Junior”(台湾译为“魔鬼二世”,大陆译为“威龙二世”)却是一部无聊的电影,要不是他坐在旁边,或许我会提早离开也不一定。电影结束,我打算回家了,我们一起走出电影院,我问他是不是要走了,他反问,要不要一起喝杯咖啡。

结果,我们坐在一家最典型(或该说最无趣)的德国咖啡屋里,我们各自点了一盘马铃薯汤。他对我解释片中有关奥地利地名的幽默,以及,不久,他开始告诉我他的故事,他以前在巴登国家广播电台工作,一个住着许多有钱寡妇的华丽小城,他说他在那里住了多年,有关他住在那里的心境,他曾具体地写了一章小说,小说的内容是一个年轻男人如何有计划地谋杀老寡妇。

谋杀老寡妇?我想起,几年前在巴黎也有两位男生以此谋生,直到有一天一个将被谋杀的寡妇幸然未死,两个男生才被逮捕,结束这个无情的职业。

一些情节,后来他用于小说的第一章,非常吓人:一切从厕所开始,他从厕所可以看出一个人的内在。

在他原来的短篇里,他在厕所里思索,尔后出来,将爱上他的老妇人的头给砸了。

那时的我已经在写作,住在高楼上的公寓里,可以眺望整个城。他在报社当编辑，对这种他称为“篡改”的工作失去兴趣，想辞职回家写剧本，我问他，你曾想过离开这个城市吗？我不知道为什么我会这么问，他说，没错，他想离开，去别的城市，譬如柏林，或者美国加州。我说旧金山很美，他突然看着我说：要不要一起去旧金山？

诡异的是，在更早之前，我曾写过一篇文章，题目便叫“要不要一起去旧金山”，这篇文章现在收在散文集《失火》里，那是我的第一本书。在文章结束时，一个女人说，她期待一个男人问她要不要一起出走，而且当下就去，如果真有人问她要不要去旧金山，她不会说也许。我们后来去旧金山度蜜月。

明夏是一个很细心但又很天马行空的人。我们常有精彩的交谈，他很能激发别人的灵感。我常常也想，如果每天和他的谈话都能录音下来，那便是一本本的书。我们曾试过录音，但却说不出话。他有时孩子气，常会有一些孩子才有的顽皮动作，使我不得不摇头，最典型的例子是，如果陌生人结识后马上问他的职业，他会说他在加油站上班或者在赌场发牌。有时，他又像个任劳任怨的妈妈，负责又可依赖。大部分的时候，他是一个非常诚恳又正直的人，他不喜欢大男人社会下女性既有的固定形象，因此他常做家事，为人又体贴有礼，因此不但我的父母，大家都喜欢他。

别人是成家立业，明夏在结婚后马上辞职，他在家闲着没事，在我的“逼迫”下，只好去电视台当选片人，他到处出席影展，为电视台买片，他买了许多李小龙和吴宇森的电影，十几年前，这些人在德国尚不是太有名，片子也不是那么贵，他买了许多，有些约一签便是二十年三十年，到今天。他早离开电视台了，而那些李小龙或周润发的片子还不断地在德国播放，都是他搞的鬼。其实，那些他选的片子还真的有人看，收视率挺不错，电视台老板还觉得他很有眼光。

有时，也有色情片商上门找他，明夏看那些影片看得头昏眼花，还请他的朋友去兼差，帮忙看，写下心得。他那样搞了两年，又回到《南德日报》当编辑和写作，他的散文写作风格十分特殊，因此被请商每周固定去访问一位在慕尼黑蛮受欢迎的南韩跆拳道教练。那个专栏非常受欢迎，充满异国风情及东方哲思，很快便结集成书，这是明夏的代笔事业的开始。

陈玉慧与明夏

明夏后来为好几个不同的大师或 guru 代笔，书由他执笔，但挂名的是那些大师人物。他真的搭乘名人的私人专机，陪那些人出席酒吧或什么促销会。因为讲究文体风格，明夏有时自己会为大师发言诠释，也由于下笔精彩洗炼，常有警句，大师们也开始觉得那些好句子全出自他们自己，逐渐也就相信自己是明夏所写的那个人了。另外，明夏常陪着大师们出席记者会或朗诵会，留下许多荒谬的人生印象，那些经验也可以在他的小说里读到，明夏看着那些大师和读者谈话，口里居然冒出他自己杜撰的句子，不得不强做正经地赔笑。他常说，希望那些人以后不要精神分裂才好。

他真的买了一套那种米色西装裤，“穿起来像骗子或掮客，”他也自嘲，“我蒙骗大众已久，却无人发现。”他在他的小说里也说，他代笔时像妓女，有时老顾客上门，会放弃用保险套，小说是代笔作家的自传，作者是代笔作家，他对读者发声，并说，你们就是老顾客，现在要说的是心声，不另假借。但，这是真的心声吗，还是作者的代笔？或者代笔的作者？或者都是？他的故事中另有故事。故事中的“我”原来是一种身份认同，而写作者援用“我”字，不管对陌生人也好，老主顾也罢，就像妓女卖身，而作者也出卖“我”字，他出卖灵魂，就像妓女卖身。

我常问他，你这么有才华，为什么代笔？他有时说，为了赚钱，有时又说，这是达达主义的化身表现，他可以冒充模仿，他觉得站在幕后说话很有趣。后来我看他一本接一本地写，就劝他不要再写了，应该写自己的东西。我这样说了几次，他都不为所动。

他不写文学作品，理由与我以前的看法一样，文学是神圣的，要写就要写好，否则不要写。他说他常为许多作家感到汗颜，写得那么差劲，为何自己看不出来？我也认为他说的对，也会反省自己，是否有必要写正在写的那一本书。

二〇〇四年，他离开报社，暂时无事，打算又要代笔，我游说他写小说，说了几次，他终于行动，写了一个梗概，他早已习惯收预付金，有钱才写是他的规矩，他很快便拿到钱，因此他开始写，梗概弄了很久，但内文三个月便写完。

书进行至一半，他又去上班，但他坚持早上七点起床，写到中午（跟他所不喜的文学家托马斯·曼刚好一样），然后与我出门去餐馆吃午饭，我们常去的那家素食餐馆常有各种奇怪的另类人物出现，吃完午饭，他才会骑自行车出门上班。他到今天还怀念那些日子。他说，写作很辛苦，但写完却很幸福。他只喜欢写完，不喜欢写。

他说，写作是一种死亡，小型的死亡。只有在写时，才感觉自己活着。他在字里行间活着，每个字，每一句，也同样消失亡故。他还说，对照他的渺小，他的小说比他自己显得巨大，他也借着文字而存活。

影响明夏最深的作家有两位。其中一位也是我最喜爱的德语诗人里尔克(Rainer Maria Rilke),明夏和我一样,对里尔克纯粹而诗性的文字非常向往,他也酷爱读波特莱尔的诗,应该说,波特莱尔的黑色忧郁陪伴他的年少,他认为波德莱尔的文字如数学般精准,而同时具有最优雅的旋律。波德莱尔是他的文学启蒙。明夏认识我的第一天,便传来一张他的照片,上方写着一句:我总是在婚礼的时候哭,而在丧礼时笑。下方署名:波特莱尔与我都爱你。只是我的传真机没印出来,他后来才告诉我。

另外一个作家是罗尔夫·迪特尔·布林克曼(Rolf Dieter Brinkmann),此人出版过摄影文字册,是一位前卫诗人,三十年前过世,他的文字非常简洁,同时锐利如摄影镜头。明夏还很推崇表现主义的作家 Gottfried Benn 和 Gerog Trakl,他同时喜欢达达主义作家 Kurt Schwitters。

明夏在巴伐利亚乡村长大,度过无忧无虑的童年,但他是个古怪的孩子,正如在他小说中的情节,为别人在宗教课上瞎编忏悔的理由,在学校的课堂上,老师要大家收集蚯蚓,他家后院很多,他甚至将一些蚯蚓切半卖给同学。他会向老师抗议,坐在他旁边的同学太臭了,他受不了,那个可怜的同学像许多德国农夫的小孩,下课后都得与家畜为伍。他说,他上课若觉得无聊,便整堂课练习移动自己的耳朵或眼睛。小说中失踪的弟弟并不是真实故事,他倒有一个在美国矽谷上班的哥哥。

明夏常为我的作品写序,我本来对他的优雅的德文便好生佩服，现在读明夏的小说，发现他的文字不但优雅，还带有一种少有的明快的节奏感，那其实是小说的结构使然，故事的叙述者正在倒数计时。生命的倒数计时，明夏以令人屏息的速度带领读者到叙述者人生的最高点。坠落的速度和大自然空气的气压抵消后，那便是最美的时刻。

死亡是明夏的创作主题，跟海明威一样，只是他比海明威更激烈，而文中的真实和荒凉又甚于加谬，作为他的伴侣那么多年，我被他的文字所传达的致命美感惊吓，我似乎从中看到明夏不为人所知的一面，他的生命里隐藏着一个秘密，只有写作才能把它召唤出来。

明夏四十五岁才出版第一本小说《最美的时刻》（Der Schönste Moment），书出版后获得德国境内极大的好评和回响，许许多多的人都推崇这本书，而小说的出版也改变了他的人生，具体影响了他的生活，我开始另眼看他。他仍然做着他那文字主编的上班工作，已经在写第二本作品。他收集了所有的日记及旅行手札，已经是厚厚一叠。他打算每天七点起床，但我还没看到他那么做。

但我心里隐约知道，这第二本书可能更令我惊动。

2

歌德魂灵

一个蛇人的故事

知道尤根·斯密特(Jochen Schmidt)为碧娜·鲍许(Pina Bausch)写书是很晚的事了。那是前几年云门舞集在柏林演出剧院的大厅,我当时便很感兴趣,我在想,那位不常说话、又瘦又苍白的女子,人称现代舞蹈皇后之人,排戏时没有表情但思考不断的编舞家,那个只一根接一根抽烟的女人,会向一个男舞评人透露什么呢?

读完此书,我得到了答案。

我非常喜欢故事是这样开始的:斯密特问读者,你们觉得碧娜·鲍许是如何做到的?什么是她舞蹈事业的真正动力?他提了碧娜·鲍许各种轰轰烈烈的人生事迹。但都不是,而是她的家乡索林根(制造双立人刀具的城市)的一位芭蕾舞老师,在看到小碧娜把一条腿环绕在脖子后面,将身体完美打结的时候,那老师做了这样的评语:这女孩真是个蛇人啊。

斯密特说,此赞美可能是这个餐厅老板的小女儿日后人生大有成就的主因。当时碧娜只有五六岁,第一次被带到一个儿童芭蕾舞团，她从来没看过芭蕾舞，也不晓得芭蕾舞者要做什么？“我就跟着去，别人做什么，我就努力跟着做，我还记得，那时老师要她们趴着，把双腿放在头上，然后老师便说出那句评语。”蛇人，碧娜·鲍许把蛇人当做赞美，并且勤于练习，离开家乡，再练习，加入舞团，考验自己的想象力，成立舞团，寻找舞蹈的新语言，发明新动作及结构和形式，跨越美学界限和艺术藩篱，给予现代舞蹈新定义，让传统主义者吐口水或愤怒或惊愕，最后征服全世界。她的舞蹈风格成为人类舞蹈史上的典范。

蛇人（Schlangenmensch）这个字对德国人居然是如此有作用的礼赞词，是否因为他们多半高大僵硬？

这位小蛇人后来也受到许多在父母餐馆（就在剧院附近）用餐的职业舞者的鼓励，在一九五五年进入了当时德国舞蹈剧场的孕育地——福克旺学校，大多数重量级的舞蹈剧场编舞家也都来自这个学校，碧娜后来也曾在该校执掌了十年。

在未读过这本书之前，我在二十年前便看过碧娜最重要的作品如《一九八〇年》、《穆勒咖啡馆》或《春之祭》等，那是我在巴黎及纽约学习戏剧的时光，很少人的作品那样感动过我，那时，我还不知道她的作品将深远地影响着我，那么久。到今天，无数的心灵画面仍然留在我心中。我被她的美感惊吓，她以诗意入作，那么女性地自觉，那么悲伤，她把悲伤混合了幽默，她用身体说话，说出那些永不满足的欲望和渴望，她可以把社会仪式排成蛇形运转，也可以把物质或形状映入舞作。她是独一无二的,她是碧娜·鲍许。

后来,我才知道。我也逐渐发现,原来她是这么美的人。高贵的外表,清明的心,无比坚定的意志,她的个人特质如此清晰明显,二十世纪六十年代便是全欧洲最出色的女舞者,她编过及跳过许多独舞,我曾经看过一段她从头到尾在咳嗽的舞码(从此难忘)。当然,我也非常喜欢她在《穆勒咖啡馆》里为自己保留的那个角色,那些年她都自己跳,她的舞台设计师与生命伴侣玻济克和她最重要的舞者梅西两人在台上奋力拨开桌椅,以便让前面的女舞者有空隙继续舞蹈,而碧娜在后面的动作像梦游般,沿着布景的后缘前行和后退,接着穿过一道旋转门,便消失不见踪影。用斯密特的话:犹如脱离了一切世俗。我总惊觉:那跳舞的灵魂多么与我似曾相识,或者与我的灵魂似曾相识?

原来,那位为碧娜创作一个摆满数十张桌椅的舞台空间的设计师、最终放弃其幕后身份来到舞台上的那个男人,那也是他唯一一次的露脸,那人便是碧娜的亲密爱人。而他三十五岁便死了。我略略感到惊讶的是,碧娜强调那些舞台设计全出自她自己的想法,玻济克只是执行者而已。

没有人知道碧娜的情感世界,斯密特也不知道。她像个严守秘密的赌徒,握着手上的牌,紧紧贴靠胸前,唯恐泄露天机。斯密特只告诉我们,她有个儿子,现在有个男友,他们虽不住在一起,但那人为她煮饭,那人也照料她,否则碧娜会一根又一根地抽烟，工作到深夜还不回家。

斯密特为碧娜写了一本书，他说，很多人也都知道，碧娜那温柔的外表下却有犹如花岗石的坚硬个性。我自己想，那或许是因为她刚好是狮子座，而月亮在金牛，她永不放弃，是的，她不会放弃，正因如此，她从来对“这不行”或“没办法”这些说词非常不满意，也不会接受敷衍。她可能是第一个坚持不在硬实滑顺的舞台地板上跳舞的编舞家，她的舞者不是在一片花海里便是在游泳池，不然便是在溜滑梯上跳舞，不但如此，舞者不但不必穿舞鞋，也可以穿高跟鞋。

碧娜和舞者的工作方式是提问，她问舞者问题，“且必须拐弯提问”因为直接问不会有什么结果，她经常向舞者提出上百个问题，舞者给了肢体的答复，但她说，“许多问题并没有答案。”她也曾为此沮丧，后来发现，那并非是她无能，而是生命的本质有可能便是如此。还有，碧娜也并非每次都清楚自己在找寻什么。我一向对碧娜·鲍许向舞者提问的问题很感兴趣，那些问题包括：做什么，自己会觉得羞愧？最喜欢移动自己身体什么部位？会和一具死尸做什么？

碧娜为什么提出那么多问题？因为她的舞蹈信念根深蒂固，“我在乎的是人为什么动，而不是如何动。”她的舞者的动作尽管经常重复（尤其是手部）和中断重来，有时近于歇斯底里，但却能贴切真实地传达悲哀和苦楚，甚至于恐惧和暴力。但需要的话，她的女舞者连抽烟也卖弄风情，是多么性感，是的，性感，美感，却又悲伤，绝望。

碧娜说过，基本上，她的舞蹈动作从来不是从脚出发，而脚步也经常不是由腿部开始，“我们在动机中找寻动作的源头，然后不断地做出小舞句，并记住它们”，她也说，“以前我因恐惧和惊慌而以为问题是由动作开始，现在我直接从问题下手。”

正如碧娜在罗马的一场记者会上所说，她的舞作如果跟别人有什么不同，是她的作品并非纵向的时间发展，而是舞作绕着一个特定主题核心，由内向外生成。这个创作态度，与其说是女性创作与女体的关连暗示，勿宁更应视为推翻传统剧场的关键因素，现代剧场和后现代剧场从此走上可以区别的分水岭，碧娜的创作方式和态度决定了舞蹈剧场的基本氛围和调性。

碧娜·鲍许的书封(远流出版提供)

碧娜·鲍许的书封(表演艺术出版提供)

斯密特提及当年碧娜从被人吐口水，一路到获得德国国家最高文化勋章，但碧娜自己说她在创作时“总是充满无法达成的畏惧”，有时也非常犹豫彷徨，几近绝望，这一点我们在《一场悲剧》的叙述文中可以读到，碧娜要告诉我们，悲剧不是只发生在非洲，荒芜的大地其实便是孤寂的个人栖息所在。碧娜对舞作感到胆怯和裹足不前，绝望地回头在传统芭蕾中寻找创作的可能，还记得多明尼克·梅西如何重复他的芭蕾舞动作吗？他不停地跳，也不停地问观众：这样够了吗？你们要再看一次吗？再来，再来？

碧娜的作品如何产生？容我引述斯密特的访谈：当然是靠编排，刚开始时只有一些问题，一些句子，某人示范的小动作，一切都很零散，不知何时，时机便来到，“我会把一些适当的动作与别的事情组合，如果我有了确定的方向，我就会有更多更大的小东西，然后我再从不同的面向继续探寻，从相当微小的事物开始，逐渐愈来愈大。”

斯密特的书以评介碧娜·鲍许的创作题材和表现风格为主轴，间而带入鲍许的编年史和创作的心路历程，有谁在一九七七年会想到那时风格已臻成熟的碧娜·鲍许在接下来的三十年会引领全球舞蹈界的前卫风骚？

斯密特对碧娜的成功所下的结论有两个：一是她的主题是人类核心问题——恐惧和孤独，正因如此，人类渴望被爱。渴望被爱成为对抗恐惧的方式，而这二者之中的相生和矛盾，便是碧娜舞作的原型内容。第二个原因,是碧娜对她的主题坚持不舍,所有因之而来的冲突,她不会随便轻轻带过,她坚持她对存在和社会或者美学的省思。她太坚持,以至于观众有时被迫面对那极少人能完整揭发的主题核心。碧娜以她那绝对的美感和编舞的天才说服了观众。

我相信斯密特这样写碧娜,不但适合碧娜迷一读,也很适合有心了解碧娜·鲍许的观众,有些初次观看碧娜作品的人会感到震惊不解,读过这本书,这些人应该会更清楚自己的震惊,也会对现代舞蹈有更进一步的了解。

他不需要好莱坞

我从来对与德国导演沃纳·赫尔佐格(Werner Herzog)有关的一切深感兴趣。

大学时代看过赫尔佐格那部《侏儒都是这么长大的》,被他的视野和美学惊动,那是一部有关马克思理论、暴力与秩序的电影,后来我才知道,不只是我,受到那部电影深刻影响的人可多了,譬如美国导演大卫·林奇。

不管他拍什么电影,如何拍电影,甚至不拍电影。不管他要枪杀他的演员金斯基,或者金斯基要杀他,甚至其他演员也受不了,自愿要杀金斯基,或者他果真要杀却没枪杀成,他最最亲爱的敌人。他们全是疯子,老是拍那种要命或差点要命的电影。

不管他为了一个朋友重病而向神请愿,徒步由慕尼黑走到巴黎,走了好几天,朋友多活了九年,或者在亚马逊河上拍片时必须为一个被蛇咬到的演员截肢,那百步蛇毒性之大,半小时内便会令人陷入脑昏迷。不管是到印北德兰沙拉访问达赖喇嘛，或者到阿拉斯加访问一个死去的鬼魂——那人以为自己是一只熊，搬去与熊同住，最后却被大熊咬死。沃纳·赫尔佐格访问那只录影机里留下的录影带，那人在最后关头还在为熊摄影，熊把他吞噬了，录影机丢在地上，没有画面，但有声音。

沃纳·赫尔佐格是这样的一个人：他多年不再拍剧情片，有一天在报纸上读到一则新闻，法属瓜达罗普岛的火山即将爆发，政府疏散火山区的居民，但有一人誓死不离开家，赫尔佐格立刻带着摄影机坐上飞机搬去与他同住，并拍了一部与此人生活和生命有关的一部纪录片。后来火山没爆发，赫尔佐格也没死。

我从来对任何关于赫尔佐格的故事有兴趣。那些事情那么离奇，有时听了也觉得不可思议。

还有这么一件怪事，赫尔佐格有一天在加州接受 BBC 电视台专访，他们坐在露天咖啡座喝咖啡，有个人当场从阳台开枪射杀他，他受了轻伤，小腹不停流血，录影机全录到了，但为何要杀他，凶手说他站在阳台上看赫尔佐格不顺眼。那人是个精神病。

赫尔佐格这两年又开始拍剧情片《Rescue Down》，这次是好莱坞出资金，赫尔佐格在拍片现场到处拉黄线，任何人，除了演员、他和他多年的摄影师蔡林格外，都不得越雷池一步，那些从好莱坞来的工作人员都快疯了。他们抱怨：赫尔佐格不要演员化完妆，赫尔佐格拍片细节常不能连贯，上一个镜头演员还背着包包在走路，下一个镜头继续走，但背包不见了，常常，上一个镜头是晴天，下一个镜头却变阴天了。这些人说，什么德国新浪潮大导演，简直连拍片 ABC 都不懂。

这是最近的事，故事的发展极为赫尔佐格。在泰国拍片现场，赫尔佐格的制片发动另一个小组成员，他们偷偷背着赫尔佐格不注意时，多拍了另一组胶带，他们认为，与其让导演这样没概念地乱拍，且既然花了这么多经费，不如多拍一些回去，到时可能想偷偷把东西剪接进电影。

他们没看出来，赫尔佐格不要那些做作的好莱坞电影伎俩，他要的正是那些不完美的缺陷。因只有缺陷才可能使观众觉得逼真。赫尔佐格是对是错，都没关系，因为他是赫尔佐格。他是盲目的，只因他对真理无比向往，那使他时时出神，也使他如此入化。

我从来对赫尔佐格盲目的追求和信仰有兴趣。

你什么时候回来，聚斯金德？

亲爱的聚斯金德(Lieber Patrick Sueskind)，

眼前的湖面静如止水，天空灰蓝，湖边的高树悄然而立，两只天鹅还在，一只时不时便把颈子藏在湖水里，也许在觅食，更远，有一群鸭子陪着，一只动作敏捷的松鼠往树上窜爬，直捣苍鹰巢穴，两个慢跑的人悠闲地跑过小路。昨天黄昏我遇见一只猫头鹰。

我已在安巴赫住了五个月，在这个斯坦伯格湖边。我常散步经过你以前住的房子，现在仍然是一栋优雅的房子，从篱笆望进去，有时客厅里点着一些灯光，泰半又像没人住。聚斯金德，你还回来这里写作吗?

也许你再也没回来。毕竟，普罗旺斯的天气比这里好多了，而熏衣草田的香味使你安静，起司和红酒也使你愉快，你现在都在搞剧本吗，和狄特尔? 虽然我不那么喜欢他的电影，但你会和他工作，一定有你的理由，不是吗?

聚斯金德，昨天我们在庭院里生起复活节的大围火，几位邻居都来了,我们还提起你。你在不远处的房子里出生,在那里住到二十岁,你的父亲是《南德日报》记者,你从小便会说法语。一个老人说,你从小便是个聪明的怪孩子,你小的时候,我们住的房子是三不管的野地,你都在这野地玩耍,去逗农夫的羊群,去摘别人家的苹果,那苹果的香馥全世界鲜有,你怕被抓一直逃到湖的对岸,你在那里看人在湖上玩冲浪板。这个湖以前住了许多怪人或怪杰,譬如路易二世和托马·曼,还有那位希特勒最爱的女导演列妮·芬斯达尔,这里也住了很多作家和女巫,现在搬来的人多是银行家或者明星,前几天,足球明星巴拉克便来对面看房子,他要查看船坞够不够停放他的帆船。但还好这些人并未使湖的气氛改观,这湖还是神秘及面貌多端,这湖还是充满着一股精神力量,这力量让人安心,让艾略特一来就在旅馆作诗,写那首著名的:

四月,残酷的四月……

聚斯金德,我从没忘记你那本《香水》。我的朋友全是你的小说主角格雷诺耶,她们只需要嗅一嗅自己的指甲缝,便知道男朋友是否变心,只因为在男人身上闻到父亲的烟味,而立刻下嫁。我没有那么灵的鼻子,但有气味相投的情人。

聚斯金德,今年的雪漫天覆地,下了好久。我几次走向教堂山坡时,必须涉雪而行,甚至跌坐在雪地上,你知道吗,我闻到雪的味道。或许,那便是我自己的气味,是吧。既倔强又脆弱,冷冽,淡然隐约,却永不放弃。

你什么时候再来安巴赫?

亲爱的康斯坦丝

康斯坦丝·魏伯

莫扎特

二〇〇六年是莫扎特二百五十岁生日，而纪念大师的活动却已提早在欧洲各地展开，譬如萨尔茨堡的莫扎特出生地门口，塑了一座巨大的莫扎特雕像（丑陋无比）（雕刻家 Markus Lüpertz 作品）。莫扎特是西洋音乐史上最重要的作曲家，但是如果没有他的妻子，莫扎特可能不会那么成功，许多莫扎特的作品也不会流传于世。

莫扎特的妻子是康斯坦丝·魏伯（Constanze Weber），与莫扎特结缡九年，直到莫扎特去世，他们过着颇为幸福愉快的生活，莫扎特在那九年内写出他一生最重要的作品，但长久以来，一般舆论却把康斯坦丝当成一个不守妇德及不了解莫扎特作品精神的女人。

这种不公平的看法很可能来自于一些大男人主义的莫扎特研究者，还有，要怪就怪那位奥斯卡得奖电影《阿玛迪斯》的电影编剧 Peter Shaffer，他在剧本中把康斯坦丝塑造成一位与她丈夫劲敌萨勒利上床的女人。康斯坦丝在莫扎特逝世后再婚，可能造成有人对她的误解。

愈来愈多的传记作家为康斯坦丝争回公道。康斯坦丝来自一个有名气的德国音乐家庭，他父亲本人便是一位杰出的声乐家和音乐教师，当时在曼汉姆宫廷任职，他有四位女儿，其中三位都很会唱歌，康斯坦丝也是音色优美的女高音。不但如此，康斯坦丝除了母语德语，还精通意大利文和法文，对莫扎特的音乐事业很有帮助。

莫扎特离家外出时都心系着康斯坦丝，这在他的私人信函里常可读到，他得空便提笔写信给妻子。而康斯坦丝请求莫扎特在作曲发表前先给她研究，他们经常一起练习演奏和试唱，莫扎特人前人后都说，康斯坦丝对他的创作有很好的影响。他有一阵子在家常演奏巴赫或韩德尔编作的赋格，而康斯坦丝立刻爱上那些曲子，在写给友人的信中，莫扎特写道：康斯坦丝既然喜欢听，我便常常随兴弹奏，康斯坦丝常问我有没有把我弹的记下来，我每次都被她责骂，她不会给我安宁，除非我把那些赋格写下来给她。

那些年，莫扎特在曼汉姆时代先爱上康斯坦丝的姐姐阿洛西亚。阿洛西亚音色出众，是那个时代少有的演唱家，莫扎特为她写了许多曲子，但对方对他没有兴趣。一年后，魏伯家搬至维也纳定居，莫扎特继续与魏伯家来往，有一阵子，索性住进魏伯家，后来因为别人的闲言闲语而搬走。莫扎特爱上康斯坦丝，但莫扎特的父亲因嫌魏伯家穷反对这桩婚姻。

不但如此，康斯坦丝的母亲对莫扎特也有抱怨，传说她要求莫扎特写下契约，结婚后每个月要付三百弗利昂给康斯坦丝的娘家，后来遭康斯坦丝的反对作罢。

莫扎特是不世出的音乐天才，但他在世时，经济一点都不宽裕，婚后甚至欠债连连，他不敢告知妻子，康斯坦丝发现后，不但搬家并设法还债，让莫扎特无忧地继续编曲。

康斯坦丝若活在今天，一定是最杰出的艺术经纪人。莫扎特去世那年，她只有二十九岁，有一个七岁的儿子和四个月嗷嗷待哺的幼子，但她积极和外界联络，譬如去信给莫扎特的朋友作曲家海顿，或者向李奥波德二世申请补助，皇帝因此每年发给莫扎特家里一笔钱。

康斯坦丝在娘家尤其是姐姐阿洛西亚的协助下，成功地在布拉格和维也纳举办莫扎特纪念音乐会，她和阿洛西亚演唱莫扎特的作品，深受观众喜爱，康斯坦丝开始在德国、奥地利各地巡回演出，她和姐姐都能精湛演唱诠释莫扎特，她们把莫扎特的音乐精神传颂下去，而且赚取了不少演出费。

不但如此，康斯坦丝还妥善处理了莫扎特许多未发表的作品，并且把莫扎特的乐曲整理印行。丹麦外交官尼森刚好是邻居，也是莫扎特的乐迷，他帮助康斯坦丝做整理工作，几年后，他们结婚搬回丹麦，而尼森决定替莫扎特立传，为此他们又搬回奥地利，不过，莫扎特传才开始动笔，尼森便过世了。

康斯坦丝独力继续完成前夫的传记，她以行动永恒怀念她的丈夫，她的努力使后代人更有机会认识莫扎特的作品。她是对的，她也令人怀念，她是亲爱的康斯坦丝。

在杜林诺[1]遇见尼采

有一年夏天，我和 M 在瑞士过着一种没有国界的生活。早餐可能在日内瓦湖边，中餐在意大利的某城，晚餐又回到法国境内，因为那些城市距离都不远，而我们什么事也不想做，只开车在路上奔波。就在那段时日，我去了杜林诺，我在那里遇见人生进入尾声的尼采。

一八八九年一月三日早上，尼采走出 Carlo Alberto 广场，他两年前在这广场上向芬诺家租了一间公寓，那是二楼一间有阳台的房子，从阳台上可以眺望广场街景，他在那里写下人生最后几本著作，但身体状况已愈来愈不继。那一天早上，他应该是去邮局寄信，他那时已经进入怪异的精神状态，写了许多疯狂信件，给曾经爱上他的瓦格纳的妻子柯西玛，也写给他的朋友博卡特，还有一些别的人。他每天都上邮局。

他在广场上看到让他心悸的一幕：一位马夫正在鞭打一

---

① 即意大利的都灵(Torino)。

只马。这个画面使他陷入无比的伤心和焦虑,他立刻上前,激动得抱着马头痛哭失声,然后,他就疯了,他继续写信给友人,那些信的内容如此奇特,譬如:我的大师,为我唱一首新歌吧,这世界焕然一新,所有的天空都如此愉悦……我站在尼采住过的广场,我想我看到那匹马。那位马夫急着要离开,他赶着马车走了,尼采稍稍恢复平静的心情,他开始在城内到处走动,杜林诺原来这么狭小,他喃喃自语,别人发现他在绕圈子,他们问他住哪里,街名倒是对的,只是想不起自己的名字。他们让他躺下来,他看起来正常,也很安静,几天后,一位医生朋友把他接回德国。

尼采终其一生都在流浪飘泊,他去过太多地方,也离开太多地方。有一阵子,他爱上瑞士山区锡尔斯-玛利亚,他的偏头痛在那里不药而愈,但是他也无法在高山上久住。

尼采

最后他来到杜林诺，许多作家都住过这里，像卡尔维诺，这个城市什么都没有，除了一块号称真迹的耶稣裹尸布，和菲亚特汽车总部。我们打开车窗问路，那些当地人老说 subito，马上就到了？我们却找了好久才找到教堂。裹尸布被认为是基督教历史上最重要的遗物，一五七八年辗转流传到杜林诺后，只公开展览过四次，现在展出的只是复制品。

或许真品也不是真品。总之，尼采并未看过，他宣称上帝已死，自然不会去教堂。他常常散步，最喜欢的地方是 Vittonio Veneto 广场前的那座桥，他甚至在信里赞叹：这桥太美了，超越善恶与时间。我也站在那桥上，想象那一天他站在那里，紧张地发现自己一只手不停颤抖，而且流水使他头痛，他注视着河水，发现流水愈来愈急，而他的眼睛开始肿胀。

那是一八八九年一月三日，他一直留着那厚而密的八字胡，偶尔弹点钢琴，大部分时间在他的玩具打字机上敲打，写信是用钢笔，字迹非常好看，他到底为谁写作？就像他说的，为所有的人，也为无人？

他被送回德国，从此生活无法自理，他的姐姐照顾他九年之长，很少人那样爱他，太少人，而他热恋过两位女人，一个叫莎乐美，一个是瑞士的钢琴女学生，她们都不爱他，因为他实在太虚无了。而我明白他的虚无，我看到他那野蛮漂泊及痛苦的灵魂！在杜林诺，在这个平凡无奇的城里。

给韩斯的一封信

那是你人生的最后一次战争。你用尽弹粮，费尽心思，经历了极大的恐慌，敌人不停逼近，你孤军奋斗，所有的人都撤退了，连鼠类蝗虫都逃离了，你还在那里。你的视线衰微，呼吸困难，不知道时间过了多久。你遗失了表，无法移动，也无法辨识阴影。你是如此地饥渴。你一直渴望边境，现在你来到了边境。

第一次世界大战时，你刚出生，经历过大饥荒，听过有人吃皮鞋的故事，然后你到磨坊当学徒，十八岁志愿从军，你从德国出征，一路到俄罗斯。自高加索回来以后，你在一些人生的时刻会噩梦连连，甚至会在梦中大声喊叫，但这一次你并未叫喊，恐惧吞噬了你的信心，你在床上哆嗦着，好几个月，你陷入时间的迷阵，当记忆不再追伐你，你才终于甘心地投降，安安静静地走了。

神知道，神看着这一切发生，是不是？韩斯，我仍然问神。你的儿子语气虔诚，他说，神与你同在，即便在信心消逝的时分，神看着你的痛苦慢慢消退，看着你与自己和解，你也几次与神的使者遭遇，只是你已一年多无法移身到教堂，教堂一直在那里，布特梅其街三十号，弥撒一次又一次地举行，你的神殿空旷无人，等着你去。

那是去年二月，儿子去医院探望时，你的病床暂时被推置在走廊上，你几乎快失去知觉，但认得出儿子。他看一眼你的灰蓝眼睛，心中有预感，你已经半数魂魄不在了，那瞳孔一点光都没有，仿佛已遇见死亡，你的妻子备感愤怒，你不但放弃与死亡的斗争，也放弃了她，放弃了五十年共同的生活，她不愿看见你倒下，便自行回家了。他们把你推回房间，儿子一个人陪着你，看着你瞳孔里的生命之光正在一点一点消失，他握着你的手，他说，韩斯，你可以安心走了，你这一生已然美好，我引你为荣。他握着你的手，良久，良久，整个下午，然后，他起身去城里办点事，那城刚好位于回家路上，他想，今晚先回家睡觉，明天可以再来，必要时整天都会留下。

第二天回去时，你已走了，就在半夜。他抱着你的头大哭失声，他对你一直有如此深的愧疚，好像你曾代替他参与战争，你为他挡去了生命中的不善，你留给他对美好事物的信心，他应该知道你那晚便会离开，他一直这么责备自己：当他看到死神要带走你，却让你一个人走了。

更早之前在医院，因连自己的姓名都记不得，你常常一个人下楼到医院的地下室，整夜就站在那里，迷惑，伤心，不知所

韩斯(右)、明夏(中)及母亲

措。因为战后你成家后都习惯在地下室做自己嗜好的木工，就像战争时躲在坦克之下，或者德军投降后被俄国农民收留的日子，他们让你留在地下室，没有通报缉查；但是医院的地下室里什么都没有，只有一些破旧的空病床，你好几次充满疑惑地站在偌大空旷的地下室。他们说你没有病，就只是老了而已，把你送了回家。最后是这家让人等死的医院，你去了以后，几次对妻子说过“让我回家，我一点都不喜欢这家旅馆”，你以为自己正在度假。

那个圣诞节前夕，你又再度坠入可怕的梦中，或许因为在战争中你杀过人，你儿子说，可能是那些被杀的人都回来找你了，你并不认识他们，一个也不认识，真的一个也不认识，你无法分辨他们回来找你的用意，你当时只是前哨兵，在二次大战当前哨兵时杀过人，不是面对面的搏斗厮杀，是大小炸弹，你丢过太多颗，还有便是在坦克车里的无数攻击。战争是这世界上最后一件你该参与的事，战争是人类发明最残酷的事情。你从小这么告诉儿子。

你儿子谨记在心。二十年前，兵役单送到时，他佯装自己有病，军官问他为什么不从军？因为军人必须杀人，我不愿意杀人。军官说，假设红军（那么多年后他们仍说红军）要杀你们全家呢？我会讲笑话给他听，他只能如此回答。军官冷静地又问：你说军人都是凶手，那你父亲在前线杀了那么多红军，你父亲是不是凶手？你儿子哑口无言。他沉默坐在军人大楼的走廊上。

他记得小时候，德国冬天的房间是这么冷，但你无论如何不愿关窗或关门。那是潜意识里的逃命习惯，多年后一直保留，还有逐年变本加厉的梦魇，那些年你必须长期服用安眠药，否则如何睡着？在战火连天的漫漫黑夜里，可能在库尔斯克，你已习惯西伯利亚的冷风，你已遭遇太多次死亡，你都活过来了，靠着你求生的意志和机智，你曾八天躺在废置的坦克车下，等待红军搜索和撤退，你靠着带在身上的水瓶和一根香肠活命，八天，他们不知道你怎么活过那八天。你从坦克车下爬出来时，看到的是一具具同袍的尸体，他们并没有活过来。那是一九四二年冬天在莫扎伊斯克，离莫斯科一百公里。但你们从未抵达莫斯科。

一九四一年六月二十二日清晨四点四十五分，你一夜无眠，记得那夜星空灿烂，四百万名德军以及意大利和罗马尼亚军人，在希特勒的指令下，开拔前往俄罗斯边境。那一个月，大军如入无人之境，你是前哨兵，你的工作是收集敌军情报，把所有的地形和敌军驻扎地点都画在图上，你从波兰一路来到莫斯科郊外，也去过维也纳、基辅和白俄罗斯，都骑着附挂边车的摩托车前往前哨，他们只让你开，因为只有你一个人知道如何无声地行驶，你是军人，你必须如此，你并不知道当时的领袖希特勒是个疯子，你并不明白战争，但你用你的生命去了解，战争有一张荒谬之脸，战争有一张残酷之脸。德军攻下了洛斯多夫，从那里可退回高加索。

但你还没办法转身过去。德军陷入冷风泥淖，秋天时先是没完没了地下雨，地上到处泥泞，车子无法前行。到了初冬，没有人知道西伯利亚这么冷，零下三十度如何存活？供给军需的路是如此漫长，你的新婚妻子恐怕以为你已冻死，或者斯大林全力反攻，红军控制了缪斯河，那是德军将败的第一个征兆，你并不知道。你也不知道，新婚妻子生完女儿两年后，便移情别恋，她再也不写信了，你一个人在遥远的冬天想念她，几年后你回到德国，你才知道，你一直孤军奋斗，战争总是拖延，无法结束。后来你也明白，尽管战争结束了，你心里的战争却未结束，烽火连天的日子里，你什么也不说，就在地下室做木工，只有工作才能安抚恐慌，那也是在战争中，俄罗斯农民教你的，你学会了，你永远记得他们。

韩斯（左）及明夏（右）

那是一九四四年，历史上最大规模的海战在南海展开，年初，马绍尔群岛失守，六月，塞班岛也沦陷，斋藤义次将军带着七千名日军自刎，玉碎风气盛行，日军展开零式攻击、自杀式攻击，多少人被迫豪饮清酒，并在布条上留下殉皇至诚的血迹，在塞班岛共有四万五千名日军阵亡，几百名日军不愿当美军俘虏，纷纷在万岁崖和自杀崖跳崖自杀。韩斯，台湾那时是日本的殖民地，我的母系亲戚也参加日本佣兵到了南海，他没有自杀，苟延残喘备受屈辱地活着，战争结束时已濒临精神崩溃。

战争结束，他尚不知悉，在山里逃命，靠着野菜维生，继续与假想的敌人煎熬苦战，直到被俘获，他们被送到医院，搭上回台湾的船。就像你在佛加河畔(Vouga. R)，俄国农民收留了饥贫交迫的你，他们没告发你，并给你工作和食物，你来到佛加河，走过那个河水结冰的冬天，然后搭上最后一班回德国的船，告别了面目全非的战争。你回到德国，像蜥类般切断自己的过去，重组家庭，生下了你儿子。

韩斯，我的父亲在国共内战时退到台湾，认识了我的母亲，我在有“亚细亚孤儿”之称的台湾出生，朝鲜战争发生时我尚未出生，越南战争时我躺在台北儿童医院，高烧不退，医生以为我得了日本脑炎，将不治，父母垂手无策，看着我发烧又发烧，然后奇迹般，他们救活了我。那时美军驻守台湾，在美援及反共思想笼罩的台湾长大，以后逐日流放，变成无政府主义者，那一年，我遇见了你儿子，他改变了我无家的命运。

韩斯，虽然我们是战后的孩子，但我也看过战争。那是在一九九九年的科索沃。因工作关系，我从马其顿一路到普利斯提纳去，看到许多哀伤不满的脸孔，到处都是断壁残垣，到处是乌烟和不熄的火海，荒凉，沉默。我和科索沃人去拜访墓园，看到许许多多的新坟，多半死于一九九七年前后，那是米洛舍维奇的野心，那是南斯拉夫的悲剧。但北约轰炸贝尔格勒时，没有人认为不对，我打电话与当时的反对党党主席可杭·丁吉夫做访谈，他说，我们像活在电影画面里头，那是一场战争电影，主导战争的人技术高明（他没说的是，手法残忍），战后，他被选为南斯拉夫总理，但随即被暗杀。

我到了阿尔巴尼亚，他们说，“大阿尔巴尼亚”的日子到了。巴尔干人以悲歌庆祝和平，韩斯，那时你的体力尚可，我们坐在巴伐利亚辛梦湖边喝茶，你想起一九四〇年离开黑哲夫镇的那一天，你和几位同袍占住了一处俄国农庄，那时的俄罗斯已陷入粮荒，农民靠过去的存粮过日，他们给你们吃自制的美味香肠，你也回报那家人更多的善意。几周后，上级军官要你们继续开拔，离去前，你的同袍放火要把整个村庄烧掉，你强力反对，但别人说服了你，“若不烧掉，反而给红军未来做基地”。你没再说话，离开山坡时，你回头看着一片火海，那时你感到些微悔意，在后来的日子里，你的后悔愈来愈深。

你不明白的是，战争还在发生，先是阿富汗，再是伊拉克。你不明白的是战争的理由，你也不再明白善恶道德，战争还有道德吗？他们说那是一场道德之战，你不清楚谁是邪恶谁是正义。然后，因为医生用错药物，你的病情加剧，已再无法下床，你盯着计时器，你看着时间消失，你不再知道自己活在什么世界。你也不再需要助听器和眼镜，你茫然望着电视上现场转播轰炸伊拉克的画面，他们给你氧气桶，你呼吸着，你活着，韩斯，战争已是六十年前的事，整整六十年，战争早已结束，但战争也未真的结束。

而你永远地走了。而我宁可相信佛家的说法，你从未离去。你的灵魂与我们同在，你的身体留在罗森汉姆市的墓园，你的精神留在我们心里，是那些摆在我们房间里的木雕；你留给了儿子一棵树，一座房子，所有的爱；你留给儿子对和平的想望：也许以后再也没有战争了。韩斯，有一些日子，我总是看到你坐在我的书桌旁边，你用那无限柔和的眼光看着我，并且叮咛我们好好活下去。

只有足球才能救德国

在德国住了十几年，从来没见过街头这么多国旗，人们穿戴着国旗做的衣帽，人手和车上都有一面红黄黑三色旗帜，城市广场上都是旗海。柏林围墙倒下、德国统一那些年也没出现这么多国旗。

这些国旗全部来自中国大陆，有人早就预言世界杯一开打，参赛国国旗的订货单将不停涌入，他们猜对了，德国国旗抢手到来不及缝，经销商还指定要空运送货。

这尚是看得到的那一面，但看不到的那一面，如德国足球员的球鞋里布上绣着德国国歌，有人连内裤也是德国国旗，耳中听的都是足球颂，赶在二〇〇六年出版的足球书便有几百本。正是这股疯狂的力量将转变德国，使德国国力往上提升，而非向下沉沦。

德国人疯足球本来便很有名，但今年陷入歇斯底里，只有足球才可以拯救德意志。生活作息以球赛为主，如果赶上重要的下午场，公司老板多半让员工提前下班，各餐厅旅馆都有大银幕电视,“就算顾客碰巧不看,服务人员也要看”。电视节目也都围绕着足球赛,著名的政治脱口秀都识相地停播,没有人要再听那千篇一律的失业率问题讨论。

德国总理默克尔陪着他国总统观看一场场球赛,却被德国人指责:“这么重要的大事,竟然不带先生一起来。”德国足球皇帝贝肯鲍尔每天搭直升机到不同城市观看球赛,“我才看到德国土地是如此丰饶和美丽”。他坐在德国总统科尔旁边,看起来比总统更像总统,不,他不是总统,他是皇帝。

还好有足球,而且足球已经救了德国。主办世界杯,经济成长率已增加了半个百分点,失业率也降了一个百分点。德国举国上下信心十足,认为德国将赢得世界杯的人愈来愈多,每一场德国队的比赛,几个大城市都有几十万人在街上观看露天现场转播,啤酒生意也很兴隆,球赛结束后,一场又一场的派对不断举行,民生消费额也跟着增加。

1954 年,德国在伯尔尼夺冠

统一后的德国负债累累、经济陷入低迷，现在德国从萎靡不振彻底解放了。企业和大众都恢复了信心，本来政治停滞不前，国家问题一个接一个，现在全摆在一边，咸信德国将再度成为世界强国，再次出现经济奇迹。德国政府只要像德国球队那么经营就对了。

观光客来到德国，看到一个温暖又好客的德国，历史包袱已丢掉了，哲学思维也不再沉重，只有轻快的脚步，没有排外（怎么会呢，但德国队必须打败所有的外国队），甚至，连著名的黑森林都不黑了……

足球可以救德国，且足球救过德国。一九五四年，伯尔尼那场世界杯冠军赛便是明证，德国终于洗刷战败后的全民耻辱，重建民族信心，从此，经济开始成长，迈入奇迹式的发展，足球使德国人团结一气，奋力向前。

而德国民族似乎比其他民族更需要一个能团结奋斗的公开场合，不然，你如何解释以前纳粹首领阅兵或对民众演讲时那些同声一气的呼喊？现在的德国人在足球场上找到舞台发泄其民族压抑。不少德国知识分子因此对足球场上的呼叫和狂喜显得态度谨慎，甚至于“感到羞耻”。

狂欢和派对虽一场接一场，但最后终得要结账。为德国人制造国旗的中国人，今夏开始要全面接手制造德国汽车了，足球赛结束后，一些临时工作也会结束，失业率又将回到百分之十三。足球真可以救德国？

我看足球

世界杯开打了，我已做好准备：宽银幕电影放映机、啤酒、爆米花、有修养的足球迷邻居。

我看足球，其实不是当娱乐，是当人类学。我喜欢看人，不是看球。我最爱看球员操球操得飞快，一路过关挺进。最怕看十一米射门，一球一球地考验守门人。我的神经太细，看不下去。

荷兰女人报复男人看足球，手段是把电视遥控器藏起来。中国女生报复男人看足球，她们陪着一起看，但，是看哪一个球员帅。我看足球，是看一群人谁比较疯狂。

我看足球，第一重要是球衣和衣服颜色，我喜欢红色球衣，巴西的黄色绿边也好，大气又豪放，我不喜欢德国队的白衣黑字，令人不怎么愉快，也没士气。

因为都是在电视机前看足球，我痛恨没有内容的解说员，且会故意避开当地解说员，如德国队参赛则看瑞士法语台或奥地利台，这样就不会听到太多爱国主义者的无聊评语。信不信,有一个德语足球评论员大喊德国队“进球”(TOR),一个字喊了十几秒。

法国哲人罗兰·巴特说,足球赛是一个表达民族感情的地方,人们透过仪式发泄其激情所在。说起来,足球场是一个民族感情的发泄平台。好可惜,台湾民众没有这样的平台,台湾民众几乎没有任何发泄民族感情的管道,什么时候,台湾民众能聚在一起为自己呐声喊叫,而不是抗争!

我看足球,因为足球是 deep play,不但每一队,而且每一个球员,每一个民族,都把灵魂和肉体抵押在那颗球上,全心全意,没有任何迟疑和退缩。这足球赛且是一个全球化最彻底的地方,英国 FC Arsenal 只剩两位英国籍球员,而球员本身都是可以交易的商品。这足球赛也是最民族主义的地方,不巧的是,有人在足球赛上坚持他们偏执的民族主义。

如果说,奥运会企图重建的是希腊时代的奥林匹克运动精神,世界杯重建的便是罗马竞技场,各大城市的足球场都愈来愈像罗马时代的 Arena,包厢愈来愈多,贵族愈来愈多,足球流氓也愈来愈多。

原始社会里的男性都是狩猎者,而千年以来,绝大多数男人不需要再猎取动物,足球于是成为古老社会里留下来的渔猎图腾。而观众押宝于他们的球队,让他们心仪的队员为他们渔猎得分。竞技场上,运动员不必与动物抗争,他们抗争的对象更为抽象。一只球,仍代表着父权社会的运转。

而一场场足球大赛其实显示的是一种集体孤独症，射中球门等同于射精，得分的狂喜与做爱的高潮无异，球员也会展现类似的吼叫和表情，足球场允许这样的狂喜，公开的高潮。

曾经，竞技场上有英雄，但足球场上已没有英雄，只有明星。甚至只有像贝克汉姆那样中性化的球员，其实更适合改行做模特儿。

我看足球先是看到自己。以前，在巴黎读书时，都是为法国队加油，但现在嫁来德国，就再也不管法国队的死活，我不太会为韩国队或中国队加油，但会为日本队，不要问我为什么，也不要怪我。我总是站在"第三世界"那边，巴西队当然很会踢，但太会踢了，我有时反而又替对手队加油，我同情克罗地亚或伊朗队，但不同情美国队。我怎么样都不会同情美国队。

我看足球根本毫无道理，我只是看人性。

3

作家秘密

海斯密丝的蜗牛

英国大作家格林曾公开说他爱读海斯密丝(Patricia Highsmith),并且在书评中盛赞她。我其实不是一个爱读侦探小说的人,但有一年,我也整年都在读海斯密丝。

我闯入海斯密丝创作的世界,陪着她的小说人物经历一次次的心灵之旅,那个世界总是冷酷无情非理性,主人翁总是纤细有品位,过着优雅有教养的生活,多半是幽室恐惧症的病患,甚至有神经分裂之虑,因缘际会走上谋杀之路。那个世界中,道德并不存在,海斯密丝要挑战的是社会大众共同赞成的日常生活规矩和秩序,海斯密丝让我明白,这个世界远比我们想象的更为复杂和危险。

海斯密丝是美国德州人,她在欧洲成名,作品比起美国本土,更受欧洲人的重视,早期小说《火车上的陌生人》曾由希区柯克改编成电影,后来的瑞普利系列也由许多不同的导演改编,德国新浪潮导演文德斯曾拍过一部她的《美国朋友》,阿兰德隆年轻时也曾演过瑞普利,令人对他的演技刮目相看。

海斯密丝的父母在她出生前几个月离异，从事艺术工作的母亲多次试图堕胎不成，生下她后把她交给母亲抚养，海斯密丝在纽约与外祖母一起长大，后来搬回与母亲和继父同住，她恨继父，对母亲也爱恨交加，到了十几岁才第一次看到生父。海斯密丝从来不隐瞒她对母亲的仇恨，她在第一本犯罪小说中便让少年杀死母亲，因为母亲把他所爱的蜗牛拿去烹饪。她在不同小说里让人物继续杀死他们的母亲。在现实生活中，她从一九六三年移居欧洲后便再也未与母亲谋面，信倒是写了一些，后来她把那些母亲的来信装在一个箱子里，上面注明“仅供精神治疗师和医生参考”。

海斯密丝于一九九五年死于瑞士卢加诺湖边。她性好隐居，死前十多年都一个人住在卢加诺湖边靠近意大利的山区，在那里看只有意大利配音的伍迪·艾伦电影。她从未结婚，有过无数短暂的同志恋情，只能独处，因为她半夜两点至四点会

海斯密丝

听 BBC 世界新闻,“只要有人出现便无法写作”,即使是邮差或清洁工。且独居最大的好处是,“想几点起床就几点起床”。

海斯密丝说,“和人沟通会令她灵感消失”,从来不读书或看电影,带给她创作灵感的不是人或艺术,而是动物。她酷爱蜗牛,不但为蜗牛取名字,连出门旅行也带着。海斯密丝从来不波西米亚,她支持巴勒斯坦建国,可能也有点反犹。她不但独居,也远离人群,就像格林那么喜欢她的作品,把电话号码都留给她,但她从未和格林说过一句话,“因为我猜每个作家都不会喜欢受到打扰”。

海斯密丝是个极度害羞及不快乐的作家、酒鬼,边喝酒边写作,每天写五个小时,从不间断,每周七天,不看电视,熟读报纸社会版,要选小说人物的姓名时,便参考报纸的征婚启事栏,许多征婚启事都是她小说的原型。喜欢研究精神病患病例,也喜欢写日记,应该说,她喜好记录,她每天都会记下自己的消费和食物,也总有各式各样的清单。

海斯密丝的文学世界于是带着不少她个人的气质,她所描绘的人物全都病态、孤独、具有极高的艺术鉴赏力、沉迷于品味及盲目的情感,几乎和她一样。我从那些犯罪小说中明了海斯密丝,明了她的愤世嫉俗和反社会。那一年我才惊觉,她是一个多么孤独的人啊。

一位陌生女子的来信

第一次读《一位陌生女子的来信》是大一时，那时对写作感兴趣，关于书信体写作的可能，我想你对年少的我有影响。

我爱读小说，也读过很多小说，大部分作品读过就忘了，这一篇却令我难忘。

后来我开始写作，走在不一样的路上。我虽在生命中看到过几个类似你笔下的女子，献身感情，不求回报；但我都认为，那应是她们自虐的人格和情操吧，而这样的爱情是大男子的心理投射和渴求。茨威格，我从故事里看到你啊。

但你的小说的故事性那么明显，使我不由也被二十世纪初维也纳自由主义的气息感染，那些年，我也读你和那群小资朋友，如里尔克、施尼茨勒(Arthur Schnitzler)、弗洛伊德。我喜欢你的《心的焦灼》，也读你写的传记，像被送上断头台的玛丽·安托瓦内特，像英国皇后玛丽或文学家巴尔扎克。你写历史，你写的是心理。

茨威格，我想问你，你为何万般仰慕托马斯·曼呢？我觉得你的写作比他的引人入胜得多。

我是这样理解你的：出生在富商之家，从小不愁衣食，可以专心于艺术创作，总是在适当的时候做适当的事，就只有一件不幸，生为犹裔，作品被纳粹火焚，为约翰·斯特劳斯写作的歌剧也被禁演，那斯特劳斯是你最崇拜的人。你从此无家，到哪里都是做客。你时而呼嗟，家已亡了，国亦将毁。

你虽是纨绔子弟，但对物质生活要求不多，你说"只要一小间公寓，几根古巴雪茄和每天一次咖啡馆"就够了。你每天去贝多芬咖啡馆，你在萨尔茨堡住了十五年，后来流亡伦敦及美洲，你搬到巴西里约附近，你写信给朋友，"来到巴西，此生无憾"。但你只住了两年，便自杀了。自杀前，你还语气平和地写信，你每天陪你的小狗散步，你的狗刚刚赢得选美大赛第二名。

你死前才参加里约街头的嘉年华会，隔天，那是一九四二

茨威格

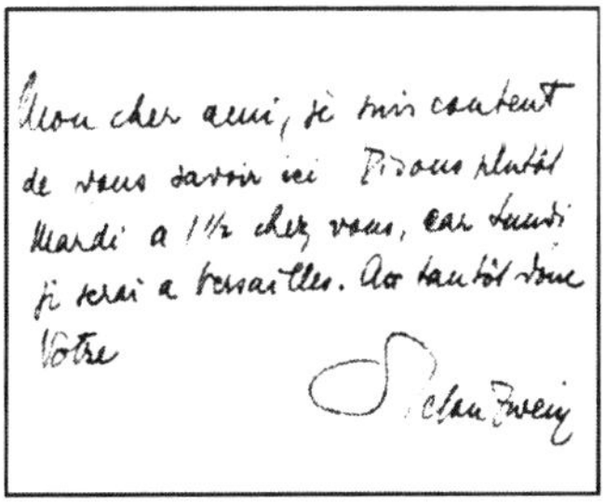

Mon cher ami, je suis content
de vous savoir ici. Disons plutôt
Mardi à 1½ chez vous, car lundi
je serai à Versailles. Au tantôt donc
Votre
Stefan Zweig

茨威格手稿

年二月，日军占据了新加坡，欧洲已远，斯人何堪？你说：“朋友，你们可能还在期待晨曦的来到，但我耐心尽失，得早走一步。”你是和你第二任妻子一起走的，你们服了大量镇静剂，走时还十指交握。

我是这样继续理解你的：从小和母亲无法相处，需要母爱，追求陷溺的爱情。你上世纪从二十年代起在维也纳便声誉如日中天，是全球最畅销的作家，跟踪你的书迷无数，以至于警察必须在你家门前设下拒马。第一任妻子菲德烈克曾是一位写信来的陌生女子，她也是你的书迷之一，后来变成你的情人，当时她已婚有子，你静待多年，等到离婚，但从此陷入不自由的关系，整整十五年。

结婚的那些年，菲德烈克为你找到一位比你年轻二十七岁的女秘书，这位秘书也曾是一位陌生女子，她秘密地爱恋着你，甚至愿意为你而死，你在多年后才震惊地发现真爱，你一直要求菲德烈克：“还我学生时代的自由吧。”菲德烈克只好含泪照办。

你不但要求离异，你也被迫切断了与祖国的关系。双重的离异，或许过于沉重。你住在里约附近的佩托波利斯小城，公沙维斯街三十四号，你的墓碑也在那里，灰旧的大理石上写着拉丁语，附近有一条街以你为名。当年，你的耐心不够，再三年多，世界大战便结束了。希特勒也死了。

但你说，你的生命全然美好，只是这世界濒临毁灭，你活不下来。

你够聪明，但抱歉，我更聪明

这两个人是当代文坛传奇人物。两位作家、剧作家及哲学家，一位身兼导演，另一位也是现代政治学理论家。他们两人带动了存在主义哲学思潮，都是诺贝尔文学奖得主，不世出的天才，最好的朋友，西蒙娜·波伏娃钟意的男人。

他们是萨特与加谬。

萨特和加谬来自不同的生活领域，在纳粹占据的巴黎相识，那是一九四三年六月，萨特的戏《苍蝇》在巴黎首演，加谬来了，二人相谈甚欢，彼此惊为天人。

加谬

萨特

那时，阿尔及利亚出生的“黑脚”加谬刚刚出版了《异乡人》，签下“存在主义”这个引起骚动的名字，而萨特这个人，加谬早在北非时便听过，并十分仰慕。萨特比加谬年长八岁，看得出来年轻人满是才华，见面后，他立刻邀加谬为他的剧作《没有出口》担任导演，加谬也欢喜地受邀，虽然成品最终没有实现，但两人成为无话不谈的朋友。

在后来那些烟雾弥漫红酒一杯接一杯的晚上，萨特总是试着要说服加谬：你够聪明，但我比你更聪明。加谬也同意这样的排名。还有，萨特是巴黎人，加谬是“乡下人”。

萨特的确是聪明，但加谬令人印象更为深刻，这点萨特也知道，尤其是加谬的男性气质，比他高大英俊（萨特其貌不佳），非常有女人缘，让萨特十分羡慕。萨特的终身伴侣西蒙娜·波伏娃便曾私下直接了当地告诉加谬，她是说她和萨特的关系非同于一般男女，如果加谬想要她，他随时可以得到。加谬不动心思，萨特知道此事后却十分介意，他介意的并不是西蒙娜·波伏娃的背叛，他对加谬不接受他的女人投怀送抱感到不解。

左倾及自由政治思想的萨特与天生诗人的加谬并无太多矛盾，但逐渐地，萨特的权威感使加谬开始退缩，他开始意识到，如果自己被包括在萨特强大有力的理论思想下，他将被归纳入萨特的人马，如果他不想成为萨特的附庸，他就必须斩钉截铁地以不同于萨特的方式重新诠释自己。

萨特和加谬的歧异并非在心理层次，而是在政治与哲学的范畴，加谬很早便说，他的荒谬与萨特的存在主义是完全不一样的东西，事实上，他并不那么欢迎马克思主义及社会主义思想，他和萨特虽都想成为自由的人，但加谬寻找不同的理想。

一九五一年，二人终于分道扬镳。决定性的争执终于发生了，加谬为自由和民主的中心思想发言，但萨特坚持正义和历史责任。对萨特来说，政治思想与道德哲学似乎表里分裂，他也提自由，他在《自由之路》中便谈自由，这个字动辄出现，他无情地批判布尔乔亚的不自由，在《理性时代》那本小说中，他花了四百页描述一个男人追求到他那“没有用的自由”，小说的政治意义明显高过其艺术性。

做为作家，加谬更有才华，他对人生有真实的感受，敏感多情，寻找文学的完整深刻意义，他的风格也使他远离政治理论的发展。他是说不过萨特，但是他更会写。他的文学成就更高，他是天生的小说家。萨特都知道，萨特什么都知道，他无所不知，只不过，他所知道的都不是事实。

作家的秘密

杜拉斯的秘密曾写进她的笔记本，二〇〇六年底，这些笔记本出版了，作家的秘密已公开了。

我一向认为，作家的秘密才是最精彩也最值得书写的内容，但既然是秘密，便无人知晓。我自己也有秘密，至死可能都不会写。但我也以为我应该写。我读杜拉斯，知道她的秘密，现在对她更了解了：作家的秘密和他们的作品都很像。作家的秘密便是他们的作品风格。

杜拉斯用第三人称写日记：那杜拉斯今天做了这个，那杜拉斯又如何那个。仿佛她不是她自己，只是她笔下的人物，譬如她这么写：那被人祈求的杜拉斯，或者，那位密特朗总统的友人杜拉斯。

她说：我没有生活，我并不是在写我的生活，写作取代了我的生活内容，写作掏空了生活于我所幸存的，我无法区隔自己的生活和书写，我无法区别我的曾经和真实。

可不是，我每天坐在家里，一直以为出去应酬甚至连买菜煮饭都是浪费时间，我没有嗜好，何况娱乐？我一直回避生活，怎么可能有生活？我的生活就只有写作。此外，所剩无多。

写作真是奇怪的工作。写作让你抒发内心的感受，有时让你欣慰，但大部分的时候又让你孤独，寂寞，让你与外隔绝。是这样吗？我可不想做这样的作家，既无才能，又得像张爱玲那样足不出户，幻想自己长头虱。

我现在知道杜拉斯为何写《情人》那本书。她是因为找出了当年的笔记本，若没找到，可能那些记忆过于遥远，再也写不出来了。那些笔记才是作家的赤裸人生。一九四三年到一九四九年，战争前后的越南，她在学校发的笔记本上写了许多，她原以为她再也找不到了，但二十世纪八十年代初，却在乡间的蓝柜子里找到了，她兴奋地打电话给出版社："看看我找到了什么好东西！"那是她在印度支那的少女时代，那是"情人"出现的现场。

她还有更多笔记本，记载着她失去的第一个孩子、她兄弟

杜拉斯

的死亡、她丈夫阿特曼从反抗军队里的归来、她儿子的出生,那些笔记有的读来已经是小说的原型。

我没有那些经历,我的经历全发生在我一己身上。或许我仍是幸运的?难道作家都要经过种种灾难才能写作?那我宁愿再也不要写了。我也不想生前没有知音,死后才成名。我没有留名青史的意图。一点都没有。

粉红色的那本,封面写着杜拉斯。以第一人称叙述:“在回家的路上遇见一名会讲完美法语的中国人”,他开着一辆大车,一路跟随着她,她上课时,他穿生丝西装站在校门口,把车子停在学校大门外,之前,他从她家驶过,大约按了三十五次喇叭,这位情人,读者可能会以为有着温柔的眼神和性感的外表,或许也有人会想到电影里的梁家辉。

但这位中国情人丑死了。

“Leo 是一个可笑之极的人物,和他在一起真是难受极了,他很瘦很矮,没有肩膀,但还自认为很英俊。在车上时,和他在一起还好,因为别人只看到他的脸孔,虽然丑,但至少还有个样子,且别人看不出他是矮子,如果和他一起走在街上,我便会落在他百米之后,如果有什么事会让人丢脸,那 Leo 真让我丢脸极了。”

Leo 很丑,但他有钱。他们的关系继续,她母亲认同了他,唯一的要求是不准和她女儿上床。原本,女儿被母亲一再狠打,被哥哥一再虐待,但是 Leo 改变了女儿的地位,因为他给了她家很多钱,杜拉斯一家当年便仰赖 Leo 的金援。这是真事,不是小说。

杜拉斯曾三度书写她的中国情人,每次的描绘都不太相同,与事实全有出入。事实是他极丑,她以他为耻;事实是,她与他上床,以及他给她许多钱。

杜拉斯在一九八五年出版《疼痛》一书,其中有一章提到她丈夫阿特曼当年从集中营返家的经过,是以笔记本抄下来的:他们都回来了,但他没回来,等待漫长,“坐在离电话亭最近的沙发上,那天是星期天,今天柏林已被拿下了,报纸都这么说,一切进入尾声,突然一切确实起来,确实,更确实,他死了,死了!死了?四月二十七日,现在是四月二十七日……我再也受不了了,我告诉自己:什么事必须发生,这是不可能的,不但等待,还必须写下这样的等待……”

笔记上还有更多,她丈夫回来了,有些写法令人惊悚:他去大解,那是又黏又深、绿色的泡沫粪便。十七天里他都拉这种排泄物,她也只记载这些排泄物。

杜拉斯在笔记上继续写,如果有人觉得我只写排泄物太奇怪了,那么我要祝福那样的人有一天也有个情人拉那种屎。

杜拉斯是幸还不是幸?她拥有那样的恐怖故事,却可以把故事中那深入骨髓的痛苦写出来。反观我自己,个性胆怯,不愿面对苦痛,情愿漂流,疏离。我一点不想过她那样的人生,我也没办法像她那么写,我一定不会注意粪便,我也不会书写粪便。

我开始回想我自己的人生秘密，我一直向自己隐瞒什么？或者向别人？我的秘密是什么？我是一个什么样的人？我的人生主题是什么？我也有许多笔记本，但是它们没有透露任何秘密。

但我和很多人一样，总可以从杜拉斯身上看到自己。

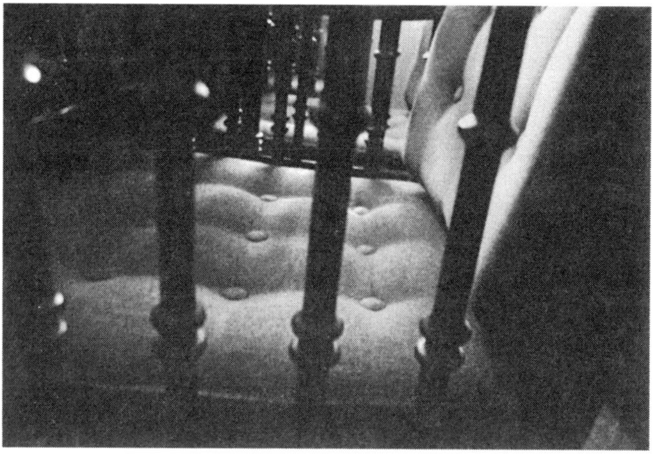

爱写情书的卡夫卡

卡夫卡是一位很会写情书的作家，也是一位爱写情书的作家。他的情书正像他的人，有绝无仅有的想象和私密性，有时一天多至数封，而他那多疑自闭的个性使得情书总常带有郁结和自我压抑的气息，但却又如此细腻和充满情感。如此卡夫卡。

啊，卡夫卡。敏感害羞的卡夫卡，命运不济的卡夫卡。

我因读他的情书，因而更认识他那令人扼腕的人生，也因而更亲近那优秀但自信阙如的灵魂，那孤独至极只为文学而生的灵魂。

“结婚生子是我一生最大的愿望。”他在给父亲的信中这么写，但他终其一生都未结婚生子。他爱过三个女人，订过三次婚，和住在柏林的飞利丝·鲍尔（Felice Bauer）订了两次，也给她写了最多的情书，但从情书上看来，他与后来的情人马琳娜·杰森丝卡（Milena Jesenská）互动更深。

卡夫卡从小优柔寡断，父亲的个性极为刚强严厉，使他从童年起便活在恐惧和逃避之中，自责甚深，认为自己是不成材的长子，而弟弟年幼过世，使家里蒙上阴影，卡夫卡从小便喜欢关在自己的房间里读书，那也是他写《变形记》的背景。

他顺从父亲的旨意，学了法律，后来在一家保险公司谋职，工作时间不长，回家还可以写作。一生就这样只活到四十一岁。

他的健康状况一向不佳，逐渐习于独处，一九一二年夏天，在朋友家认识了飞利丝。飞利丝是柏林人，那时已是新时代女性，在一家企业公司任职，后来升至经理，她曾认为卡夫卡没有适应社会的能力而同意分手，而卡夫卡则因为担心结婚后失去写作自由，两度解除婚约。

卡夫卡与情人的关系只能如此，因个性问题，他无法与人亲近，甚至于情人。他只能以书信的方式谈恋爱，无法与任何人面对面朝夕相处，他的情人都不住在布拉格，也只能通信。

卡夫卡

他在情书中写过，“性高潮是两人愉快相处的最大处罚”，他宁愿写信。与飞利丝通信的那五年，是卡夫卡人生中最重要的五年，包括《变形记》、《审判》和《城堡》都是那时期写的。飞利丝以其感性激发了大作家的灵感。她后来结婚，搬到美国，丈夫过世后，独力持家，因经济状况不佳，把六百页之厚的卡夫卡情书卖给了出版社。

一九一九年，卡夫卡与飞利丝终于结束了情人关系。一年后，他在布拉格的咖啡馆（Café Arco）认识了作风大胆前卫的马琳娜·杰森丝卡，当时马琳娜已婚，嫁给年纪大她许多的捷克作家波拉克，但婚姻不顺利，她向卡夫卡表示想翻译他的短篇小说，二人开始通信并陷入恋情。卡夫卡曾经要求马琳娜离婚，从维也纳搬回布拉格，但马琳娜与前夫的关系一直断不了。

卡夫卡曾在信中告诉马琳娜，“你永远属于我，就算我此生再也不会见到你”。他只习惯分别和受苦的爱情，他不是那种非在一起长相厮守的人。马琳娜本人也写作，曾在二十年代和三十年代担任新闻记者，不但写了许多报导，也出版了不少著作，但在卡夫卡的文学盛名之下，一般只重视马琳娜与卡夫卡的通信，而忽略了她的文学创作。

卡夫卡在与马琳娜的通信中谈论自己的创作史，彼此交流了更多对文学和生命的想法，文体冷静而深入，与他与飞利丝的热情专注有别。就信的内容而言，马琳娜无论在智性或感情甚至精神上都更与卡夫卡相配。

他这样给马琳娜开始写第一封信：马琳娜女士，下了两天的雨终于停了，为了庆祝这件美事，我决定给你写信……

卡夫卡认识马琳娜那年发现自己得了肺结核，五年后便去世了，而马琳娜在卡夫卡死后搬回布拉格，一九三九年被纳粹送往集中营，第二次大战后期也结束了生命。

玛琳娜·杰森丝卡

西蒙娜·波伏娃的爱情

“萨特是我的初恋,他是第一个吻我的男人,他温暖而热情,只有在床上不是如此,我们的性生活并不协调,刚开始那十年还好,后来便自然熄火了。”

女权先驱西蒙娜·波伏娃是跟谁说这些话?她的美国男友艾尔葛恩(Nelson Algren)。她在信中告诉他,萨特对性生活没有兴趣,而遇见艾尔葛恩使她对肉体重燃激情,他改变了她的生活,使她度起“第二春”,连加谬都称赞她“变年轻了”。波伏娃在一封封情书中大胆而私密地向情人透露情欲的渴望,并自称是艾尔葛恩永远的妻子。

当年,波伏娃为什么不离开萨特投入艾尔葛恩的怀抱?按照波伏娃的说法,萨特是一个可怜而孤独的人,“萨特需要我”,她对情人解释,并且希望对方理解,她不是因为事业荣誉或金钱等因素而留在巴黎,不去与他长相厮守。

我可以想象艾尔葛恩收到信时是如何沮丧。他曾问她:“你对我的爱是否超越一切,你会不会为我死?”他一个人在芝加哥的波兰酒吧及赌场消磨时光,可能在喝醉酒后逼问她。波伏娃回答:“我非常非常地爱你,但我不会为你死。”

艾尔葛恩有可能为波伏娃死,他几年后曾自杀未遂,他的忧郁症和自毁倾向使他的写作生活进度缓慢。那时他已对分隔于大西洋两地的爱情不抱希望。他不会说法语,经济情况不稳定,在与波伏娃陷入爱恋后,虽然写了一本后来改编成电影的畅销小说《金臂人》(由弗兰克·辛纳屈演出),好莱坞电影制片还付了大把钞票请他到加州去做编剧,但此事搞得不欢而散,艾尔葛恩是一个爱喝酒及好赌博的人,一夕可以花光刚领到的版税。

他去过巴黎,那个在他情人笔下的梦幻之城。萨特巨大的身影挥之不去,而他虽然也是作家,但并不习惯拉丁区的文人生活,比较喜欢在二流酒吧鬼混或者去看拳击和赛马,如果他是浪子,那波伏娃是文人贵妇啊,更多的是维多利亚气息。他没钱也没法留在巴黎。

西蒙娜·波伏娃

西蒙娜·波伏娃与萨特

而西蒙娜·波伏娃也不会离开巴黎,即便她如此爱她的芝加哥男子。她当时想,她再也无法爱别人了。她想错了,几年后,她又爱上萨特的学生。但没人怀疑她对艾尔葛恩的爱,只是,只是她为什么不能为了爱离开巴黎?

看来,艾尔葛恩无法提供宽裕的物质生活,也不能提供给她安全感,而波伏娃视萨特为精神导师,她的精神生活围绕着萨特,一切以萨特为重心,是她依赖萨特,而不是萨特需要她。

西蒙娜·波伏娃在一九四七年一月拜访美国,她抵达纽约后,被冠以"最美丽的存在主义者"之名,受到美国媒体的欢迎,艺文人物古根汉夫人知道她会前往芝加哥,请她一定要去见艾尔葛恩。波伏娃在那个城市待了三天,艾尔葛恩便是她的地陪,波伏娃离开芝加哥前,他在机场吻了她,那时她便爱上他了,后来她在给他的信中回忆:你一定也发现了。

波伏娃在她后来出版的美国日记里记载了这个人。她说,人们常提到他,说他情绪不稳、神经质,我很高兴自己是唯一了解他的人,他有时的确粗鲁,但那只是他的自我防御而已。波伏娃则是一个自得其乐,有"愉悦天才"的女人。

波伏娃以简洁及充满情意的英文写信,因手写字迹有时不够清晰,一些用字可能连艾尔葛恩都会错意,譬如原稿 beloved 常被人读成 blond,但是就像波伏娃说的,"我的英文虽不够好,但已好到足以让你明白我对你永远的爱"。

西蒙娜·波伏娃当年虽未为了这段轰轰烈烈的爱放弃存在主义和巴黎，但她一生最爱的人仍是艾尔葛恩，下葬时都还戴着当年他送给她的定情戒指。

艾尔葛恩

四分之三的我是同志

我曾坐在日内瓦湖边的保希华菊旅馆酒吧一边喝威士忌加冰块，一边听旁桌的英国人闲聊，他们说，英国大作家毛姆以前也常坐在这里。我肃然旁听：那是一九二〇年代，毛姆那时已经是鼎鼎大名的畅销作家，但没有人知道，他那时被英国情报局网罗，在日内瓦和苏黎世从事情报工作。

毛姆？写《人性的枷锁》的毛姆是情报员？后来我翻阅起毛姆的回忆录《总结》，才知道他所度过的九十一年漫长人生是多么有趣和奇特。你知道他如何为自己的书做促销活动？在《泰晤士报》刊登征婚启事：英俊男士，家境富有，懂得生活情趣，征求结婚对象，条件是对方必须吻合毛姆小说里的女主角性格。他的书立刻在伦敦一版再版，几乎来不及印。

一八七四年生于巴黎，母语是法语，十岁不到，双亲皆亡，被送回英国与不知如何与他相处的叔叔生活，从小口吃，常埋在书堆里。他大学在德国海德堡读哲学，后来回英国受医学院教育，曾是妇产科医生，第一本书出版后十分畅销，因此他放弃医生事业,从此专心写作。他在一九三〇年代是全球版税最高的作家,许多作品被改编成电影。

毛姆一生不太公开他的性向问题,但他死前便是著名的同性恋或双性恋作家,他在回忆录里便说:“四分之一的我算正常(normal),四分之三的我却很酷儿(queer),我一直试着说服自己——应该刚好相反。”但是他又说:“而这是我人生最大的错误。”

毛姆是在海德堡读大学时第一次有同性恋的经验,从此他在情感问题上有点不清不楚。四十岁那年,第一次世界大战快结束时,他加入红十字会,在法国和比利时边境工作,认识了一位比他小二十岁的美国义工哈斯顿,他们陷入恋情,但同时,毛姆又与西仪·威尔康谈恋爱。西仪是著名的室内设计师,也是已婚女人,一九一五年,她为毛姆生了一个女儿,威尔康立刻与妻子离婚,而毛姆也随及与西仪结婚,就在婚后,他接受了英

毛姆

国情报局的邀请，大部分的时间都在旅行。由于瑞士是中立国，也是收集情报的地方，他因此花了一年时间住在瑞士，并从那里去了俄国。

而毛姆的婚姻给他带来一场暴风雨，可以想象，这场婚姻本来便是他抵抗自己的同志倾向而做的最大努力，他一结婚便意识到自己真正爱的人是哈斯顿，他离开英国前往美国，和哈斯顿四处旅行，几年后，西仪无法忍受他和男人的情感关系，诉请离婚，也为当时的毛姆带来丑闻，毛姆在蔚蓝海岸买下了一栋别墅，并搬到法国定居。

毛姆的情报员生涯使他写了那本《英国谍报员》（*Ashenden*），并影响了日后文学界的侦探谍报写作，希区柯克也根据这个故事改编成电影《秘密情报员》（*The Secret Agent*），很多著名的类型作家都声称写作受到毛姆的影响，“零零七”的编剧的灵感也来自毛姆。

毛姆自己在回忆录中提到，情报工作激发他内心里两种灵感，一是想象力的挑战，一是滑稽和可笑，譬如学会如何误导别人的跟踪，或者如何把情报伪装成不重要的东西传出去（他把情报写入剧本里，并把剧本寄出），最终他承认，那些伎俩对于写一本书虽则很有用，但也就够了，情报工作的本质意义不大，实则相当浪费时间。

叔本华那只狗

二十世纪过去了，作家和出版社的关系却没什么改变。这点从叔本华和他的出版商布鲁克浩斯的通信便可读得出来，原来许多作者（包括我自己？）和叔本华都一样，永远嫌出版社付得太少，做得太有限，校对不够仔细，没有远见，不明了我们写的书是"旷世巨作"。

一八一八年，三十岁的叔本华刚完成他的第一本书《意志与表象的世界》，他把书稿交给布鲁克浩斯，坏脾气的叔本华不熟悉出版社的作业，两个星期还没收到出版社的校稿，火气便来了，他写了一封不客气的信给出版社："不要把我当成只会写会话的不入流作家，虽然我们都一样摇着笔杆。"他还在信上要求出版社立刻付稿费，因为据他所知，布鲁克浩斯曾经有拖欠稿费的前例。布鲁克浩斯先生在收到信后，深觉受到污辱，有一段时间拒绝与叔本华沟通联系，他和别人谈到这位没耐心的作家时，愤愤不平地称他为"叔本华那只狗"。

叔本华更为恼怒，他决定离开德国去一个"柠檬花盛开的地方”,及“收不到任何文学报刊或出版社答复否定的地方”,那里便是意大利,他写信给看重他的文学前辈歌德,歌德是意大利的识途老马,他赞成这个旅途计划,还为他写了一封介绍信,要叔本华去罗马找大诗人拜伦。

后来叔本华终生的作品都由莱比锡的布鲁克浩斯出版社出版,布家祖孙三人都与脾气火爆但算盘打得很精的叔本华打过交道。叔本华算盘是打得很精,这可能遗传了富商父亲的细胞,总之,他晚年成名后书卖得不错,靠着版税,可不愁五斗米。

布鲁克浩斯当年根本不认识谁是叔本华,对方来了一封信,说道:“这是一个崭新的思想体系,拥有极高度思想背景,这种观点尚未在人世间出现过,未来将成为其他书籍的资料来源,及许多创作者的创作动机及灵感……”

叔本华当然说的没错,只是那本书根本没人买,使得布氏不但不想再版,也不想再印第二集。出版社建议叔本华自费印,叔本华回信说他不会自费印,“那就如同有人需要他的回信,他却还得自付邮资”。叔本华最后放弃首版稿费,出版社出了第二集,叔本华去信频繁,内容包括对校对和对 layout 的意见,他甚至还以生意人的眼光建议出版社把第一集的书打折促销。

叔本华是十九世纪最杰出的哲学家之一,做为康德的信徒,他是第一个提出人类灵魂受苦的人,人的生活无法脱离困惑、沉迷和邪恶,在他之前,哲学家只提出增进和谐的理论,叔本华看到宇宙本质的不完美,他有勇气说出来。他和尼采都有绝佳的文采风格,文笔精练,推翻之前沦于沉闷的哲学写作。

叔本华关心的是人类真实生活里的现象和本质,他对抽象的概念并不那么醉心,也因此更接近读者,叔本华以悲观之眼观看世界,提出离经叛道的理论,他是个爱雄辩和批判的人(听众或朋友常被他吓跑),潜意识里可能认为,与其追随他的前辈,为他们的学说做注解,还不如推翻他们,才更有可能接近读者。

至于他那蔑视女性的思想部分,则因他和母亲的关系极坏,内心惧怕又需要母爱。他的情感生活贫瘠莫名,一生都是单身汉,只敢与十来岁的女生谈恋爱,但那两个小女生也没爱过他。

他简直是太神了

二〇〇六年五月六日是弗洛伊德(Sigmund Freud)诞生一百五十年纪念,德语国家大肆庆祝,各式活动和讨论会相继举行,捷克也不落人后,因为弗洛伊德生于奥匈帝国,但怀堡镇今天却在捷克境内,所以捷克人说弗洛伊德是捷克人。总之,这个现代文明史上大名鼎鼎的名字,没有人敢忽视,甚至还都带有那么一点重新发现的调调:一个世纪后,弗洛伊德毕竟还是有点道理,不,他简直是太神了。

弗洛伊德生于德语犹裔家庭,父亲贩布维生,因债务关系,举家移居维也纳,弗洛伊德学医,后受到维也纳医生布也尔(Josef Breure)和法国教授夏科尔(Jean-Martin Charcot)的影响,对歇斯底里等精神现象研究感兴趣,本人对西方人文甚至《圣经》思想相当融会贯通,在人类潜意识里抽丝剥茧,并胪列象征,以科学的态度解析梦境,自创精神分析学派,时至今日,他的理论及术语仍在心理学界广泛使用,谈起心理分析不可能不提起他。而那本《梦的解析》正是改变人类思潮的重要经典。

弗洛伊德的真灼之见在于，他认为人类潜意识的重要性远胜于意识。他在潜意识领域进行人格结构学说，提出本能论以及童年经验对人格的影响，着重原欲的探讨，提供临床心理治疗技巧。虽不是第一个分析梦境的人，在古早时代，埃及人、希腊人或中国人都有人这么做过，但没有人把这些分析和日常生活扯上关系，也没有人提出梦境常是愿望的掩饰，还有，在我看来，也是最让我着迷的是，弗氏的文笔超好，文学底子深厚，用字遣词优雅且充满想象，兴味无穷，巨细靡遗，他的写作风格鲜有人可及，我一直把他当成大文学家。

西格蒙德·弗洛伊德

梦，正像文字篇章，由许多意有所指的元素交错和连贯，梦境充满思想的密码，无论语言或影像甚至感官上的知觉都能组织成思想的象征，那与艺术创作几乎如出一辙，很多艺术家的创作都受到梦境的启发，卡夫卡自己便说过，他的《变形记》和《城堡》等小说都出自他所做过的梦境内容。

我从小便深深被自己或别人的梦境吸引，也写过许多梦幻般如呓语的散文，梦对我一直是最珍贵的灵魂之语。

弗洛伊德不但是大文学家，且对女权主义有根本性的贡献。他研究歇斯底里症，在那个枯燥难耐的维也纳时代，要把此病与父权侵犯及社会对女性的压抑相提并论，简直是自找苦吃，但他成功了，至少有不少人赞成他的说法，当然反对者也视他如洪水猛兽，社会逐渐接受弗氏学说，女人不必再紧紧束腰，性解放才有了可能。

弗洛伊德的理论围绕在“利比多”（Libido）之说，他认为性欲并非在一个人青春期才会开始，人早在婴儿时期便有性冲动，以他的理论，一切精神病都来自性的困扰，这个完全理论后来被人修正，人类除了性欲的驱使外，权力和寻求安全感及认同也都是动力之一。但作为精神分析的鼻祖，他提出了不少具有前瞻性的假设，已经够了，太够了。

弗洛伊德的科学研究态度和医生背景，使得他的理论带有病态学的诠释角度，人类的心理和行为表现，在他眼中都成了病征。他以个案病例来推论一般大众心理，也有失偏颇。其次，弗洛伊德受到达尔文学说影响，对人性持着自然决定论的悲观看法，在他的眼里，人类只能被生物原始本能和童年经验囚禁，无所遁逃；也因此，弗氏的泛诠释观点常受人诟病。弗洛伊德对诸多心理现象所作的分析，常常出自臆想和假设，他常以未证实的假设去证实进一步的假设，使其理论蒙上神秘主义色彩，降低了科学性，而神秘主义却又是弗洛伊德本人所力主避开的“黑色泥淖”，也是他和荣格(Carl Gustav Jung)分道扬镳的主因。

无论如何，弗洛伊德开创性的言论震古烁今。我常在报章发表诸多大师的轶事巷谈，或许曾使人误以为我对弗氏有所不满，不，恰恰相反，那其实是因为我对弗洛伊德的著作和言行相当感兴趣。谨以此文再向大师致敬：生日快乐！

鼻祖的怪朋友

精神分析学鼻祖弗洛伊德一生非常重视友情,结交了几个知己,也认识一票怪朋友,背离而去的叛徒也不少,这每每也让他不胜唏嘘。不过,他的理性很快便会抬头,在作完最彻底的省思整理后,总能告别友情,继续走自己的路。

弗洛伊德生于一百五十年前的五月六日,金牛座,诞生于现在的捷克,当时奥匈帝国的怀堡镇,父母是犹太人,家族多半是犹太教士,但弗洛伊德的父亲雅各布改行贩布,因债务缠身,带着家人辗转搬到维也纳。雅各布三度结婚,他和第三任妻子生下长子西格蒙德,雅各布一生希望儿子当医生,他没想到,他儿子不但当了医生,还创造发想精神分析理论,而这套理论改变了人类的历史。

弗洛伊德一生都是那个爱慕母亲而且有俄底浦斯情结的孤独男孩,他一直到母亲死前,每个周末都会固定给母亲送花。他的情感生活不太为人所知,终生只有一个妻子玛塔,可能与小姨子明娜也有情感,这是荣格说的,已没有办法证实,只知道他曾与明娜单独出外度假，也有人谣言他有同志倾向，他爱的人正是高大挺拔的荣格。

荣格曾经是弗洛伊德最看重的年轻朋友，他倾囊相授，尽力提携，二人无所不谈，第一次见面便无间断地谈了十三个小时，他如果是这个新兴学科的国王，很快便把荣格拱成王储，但荣格毫不领情，不但别他而去，也伤他最深。另一个拂袖而去的人是阿德勒（Alfred Adler）。

弗洛伊德出生时，已有两个同父异母的哥哥，他哥哥的儿子甚至比他还大，必须叫他叔叔。弗洛伊德从小是聪明的好学生，但没有玩伴，有的话也是一个听他讲话的同学，叫西伯斯坦，他整天都在读课外书，八岁就读莎士比亚。

弗洛伊德有一些怪朋友，其中如柏林的耳鼻喉科医生弗

弗洛伊德与其朋友

利斯，此人也醉心精神分析，他有许多怪理论，譬如从鼻子可以看出一个人的性问题，又譬如周期论，他认为这个世界的一切就像女人的月经周期，以二十八天为循环，而男人也有月经周期，为二十三天。

弗利斯最怪的理论应该是他的精神治疗方法，他曾经为有性困扰的人在鼻上动刀，希望能因此根治病患的心理病，而弗洛伊德居然把自己的女病人介绍给他开刀。

弗洛伊德和弗利斯最相通的部分，便是两人都相信性这个东西是精神问题的症结。两人都是犹太人，一个住柏林，一个住维也纳，弗洛伊德给弗利斯写了无数的信，那些信件有些部分乍读起来有点像情书，至少洋溢着专注和无比的热情。后来，这些信被弗氏女学子波拿巴公主买下，弗洛伊德想拿回来，但波拿巴怕老师毁掉信件不依，这些信件后来也整理出书。

弗洛伊德在那些信中向弗利斯分析起自己的梦。他那样做了几年，一直到自己父亲过世，而病人开始陆续上门，有一天他才发现，写这些信再也没意思了，友情逐渐冷却。

另一个怪朋友是匈牙利医生法兰茨（Sandor Ferenczi），对方是他的忠实门徒，弗洛伊德喜欢找他结伴旅行，但一次在罗马，学徒抱怨老师不把他当一回事，弗洛伊德写信回家称："我再也受不了这位同志先生法兰茨了，他那女性化的一面让我备感无聊。"不过，他俩并未决裂，法兰茨后来去世，弗老对外界表示，"那是精神分析学界极大的损失"。

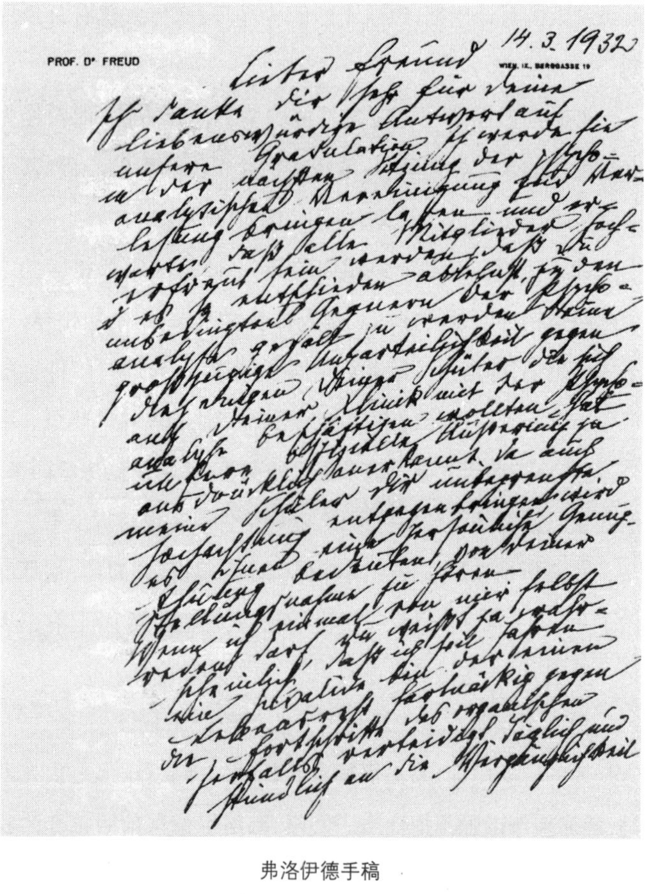
PROF. Dr FREUD

WIEN, IX., BERGGASSE 19

14.3.1932

Lieber Freund

弗洛伊德手稿

当然,弗洛伊德作为精神分析的开山始祖,先是无数的周三聚会,后来也有不少慕名而来的友人。晚年,女性朋友增多,如德国女诗人莎乐美,他很喜欢和她长聊,并深深被她的女性柔情吸引,但保持了友谊关系,其中法国波拿巴公主是他生命中最重要的贵人,在纳粹占领维也纳后,她出动大笔金钱和人际关系,把患口腔癌的大师安全接到伦敦,很可惜,才不到一年,他便敌不过病魔折磨,与世长辞。

弗洛伊德的女学生

我要是活在二十世纪初的维也纳，很可能也会走上伯格街，很可能每周都迫不及待等着与他作分析。我想象过自己躺在那只披着波斯地毯的沙发上，大师坐在我身后，我闻到浓浓的雪茄味道，还有他使用的古龙水。我曾经有那么多奇异的梦，有一个梦是弗洛伊德躺在沙发上，而我却坐在他身后吸雪茄。

自从弗洛伊德发明了 The Talking Cure 后，各地慕名而来的心理病患和学生络绎不绝，弗洛伊德为了他的弟子定期分析或周三开讲，他有好几位女学生，其中最著名的是萨宾娜·施皮尔莱因（Sabina Spielrein）、莎乐美（Lou Andreas-Salomé）、希尔德·杜丽特（Hilda Dollitle）和玛丽·波拿巴（Marie Bonapart）。

施皮尔莱因是俄裔犹太人，她曾是荣格的病人，受到荣格的影响，也在苏黎世大学注册上心理分析课，她与荣格陷入爱恋，但荣格不肯为她离婚生子，在悲伤愤怒之余，转而成为弗洛伊德的弟子。那时，荣格刚好与弗洛伊德走到绝裂的路途，弗洛伊德对施皮尔莱因充满好奇，并且有同为犹太人的好感，他对施皮尔莱因只有一个建议:快忘记你的日耳曼英雄吧,想想你对他有多少愤怒! 弗洛伊德对这位女弟子毫不隐藏他对荣格的憎恨和不满,早先,他几乎把荣格视为接自己班的儿子。

好几位弗洛伊德的女弟子容貌都十分出色,有一位柏林女学生克莱恩,才貌双全,后来与弗洛伊德的女儿安娜共同研究儿童心理学。施皮尔莱因长相高贵优雅,杜丽特秀丽迷人,而出身俄国贵族的莎乐美也是个美人,她是尼采只见面一次便求婚的人,诗人里尔克的灵魂伴侣;她对精神分析如此着迷,连弗洛伊德都忍不住说:精神分析真是老天给你的大礼物。弗洛伊德非常欣赏自由派的莎乐美,四分之一个世纪里与她通信,并且多次邀请莎乐美到维也纳小住,参加周三聚会,常常在聚会结束后,亲自送莎乐美回齐塔旅馆,他们沿街漫步闲聊,有时一聊便到深夜,在莎乐美经济拮据的那些年,弗洛伊德为住在德国哥廷根的她负担旅费,两人并没有爱情关系,终生保持热切的友谊,他叫她善解人意的人,最亲爱的露(她的前名 Lou)。

杜丽特是美国诗人,为了和弗洛伊德作心理分析,她在一九三三年到三四年间住在伯格街附近的雷吉娜旅馆,那间旅馆在那些年代住的都是像她那样与弗洛伊德有约的人,杜丽特像小学生一样,每天在日记上记着心理分析的心得,对弗洛伊德言听计从,把他当成心灵的护士,她身边的文人朋友如 D. H. 劳伦斯等人对弗洛伊德都没有好感,她的男友、美国诗人庞德,甚至称弗洛伊德是“恶心”的人。

玛丽·波拿巴公主是法国一代巨人拿破仑的后代，她是弗洛伊德最忠实的学生，也是伯格街的常客，她不但以优雅的法文把老师的作品翻译成法文，还经常赠送有古董癖好的弗洛伊德各种希腊雕像原件，在纳粹占领奥地利后，波拿巴花了大钱贿赂德军军官，把犹太裔的老师送到伦敦避难。

这些女学生之间也有来往，每个人都希望赢得弗洛伊德的注意和欢心，老师的门徒太多，因此有人内心少不了嫉妒，像杜丽特便嫉妒波拿巴的贵族派对作风，而波拿巴也嫉妒才女莎乐美，她总觉得老师更喜欢他的“露”。

这些人一生都跟随着老师，她们的人生是以研究弗洛伊德思想为志业。我想，我一定不会是弗洛伊德的好学生，我从来都不是任何人的好学生，其实，我只想让弗洛伊德分析我，我想知道他如何分析我，是否有道理。

“您信口说吧。”我在梦里听见自己这样告诉躺在沙发上的大师。

莎乐美

波拿巴

杜丽特

弗洛伊德的沙发

我走入伯格街十九号。弗洛伊德在此住了四十八年，他在这栋房子工作和生活，在这里接见他的病人，为他们做精神分析，他也在这里与他的朋友见面。著名的周三聚会也在这里举行过几次，后来改在别人家。

他有六个孩子，他的妻子玛塔对精神分析完全没兴趣，但他的女儿和小姨子却受到他的感染。安娜·弗洛伊德后来继承了父亲的衣钵，也在楼上工作和问诊，她专攻儿童心理学。

这里是曾经富丽堂皇的维也纳，也是曾经失去身份认同的维也纳，曾经流行全盛的巴洛克风格和咖啡馆文化，现在是血拼族最爱来的地方，从城市老建筑看得出来一种贵气，“欧洲人原来不是完全没有文化啊！”与我同行的人说，他是一个不鸟奥地利的德国朋友。

伯格街十九号现在是弗洛伊德博物馆，我和几个德国人鱼贯走入大门，进入前厅，我们必须在那里等着，另一组人还没出来，房子是当年流行的 Art déco 装潢，衣帽架上只有一顶帽子和一只空衣架，我仔细端详那衣架，我想就此接近一代伟人，那衣架上写着：弗洛伊德的衣架。是这只而不是别只，正是弗洛伊德使用过的衣架，他回到家，把外套挂在上面。然后走进房间。

我走进候客室，当年来赴约的人都坐在这个明亮的房间等待弗洛伊德，这些人都是维也纳最有钱的人，或者远道而来的慕名者。当时，维也纳贵族家庭女子患歇斯底里症很普遍，那是性的压抑，也是时代疾病，弗洛伊德的精神分析理论从这里滥觞。性在当时的欧洲社会是罪恶和禁忌，弗洛伊德的言论开放了社会的观念，仅仅这一点，他对人类历史的影响深远巨大。歇斯底里症的研究也启发了后来的女权主义。

弗洛伊德的沙发

在弗洛伊德的问诊室里，现在是一堆文物照片，并没有那张著名的披着地毯的沙发。那张沙发现陈设在英国的弗氏博物馆。

我知道，他一向坐在沙发前头，而病人躺在沙发上说话，“您尽量说吧”，没有眼神，没有接触，只有声音，墙角都是雕像，希腊神话人物或者中国的弥勒佛或菩萨。弗洛伊德的分析感很强，他的分析语言准确，我在十九岁时读中译弗氏《梦的解析》便十分着迷，现在重读德文，发现弗洛伊德用字遣词十分优雅，把梦境描述得那么贴切有兴味，简直不输大文学家。

弗洛伊德听着，有时快速做着笔记，有时仔细思索，将话题转至他的原欲理论或俄底浦斯情结，再不然便是阳具羡慕，他要病人想想最近的梦，他是第一个解析梦境的科学家，岂止专业权威，在将近一个世纪之后，看起来他还是很有道理，只是从今天的眼光，一切都绕着“利比多”，便过于广泛，且俄底浦斯情结和阳具羡慕不是每个人都有。我就没有。

我一个人坐在弗洛伊德的厨房，现在是一间视听室，看着电视上的纪录片，然后听到那令我莞尔的一段：弗洛伊德虽然发现了俄底浦斯情结的说法，但他每个周末都会给母亲送花。原来他终生还是那个有恋母情结的男孩啊。

离开伯格街时，我想象自己躺在那只弗洛伊德的沙发上，我想象绝世聪明的分析家开了口：您尽量说吧。那时，我听到屋外悦耳的鸟叫声，维也纳的街道似乎又苏醒了。

4 真实发现

发现热那亚

我坐在计程车上望着窗外的热那亚(Genova)老城,当地司机回头对我说,哥伦布就是在这里出生的,他从这里航向世界,发现美洲。这位司机很兴奋地介绍着他的城市,他在他的计程器里动了手脚,但我看在眼里,不想拆穿。也许正因这个城市的传奇,这个城市的外观似乎仍停留在十六世纪,没有太大改变。

在那个风起云涌的世纪,马可·波罗在这城市的监狱中对人口述他的中国见闻,许多航海家和传教士从这里航向世界彼端,一页页的世界航海史每每能让我心动不已。

那些去"发现"和冒险的男人,乘上一艘艘设备简陋的船只时,心里都在想什么?他们必须经历海盗攻击、坏血病和各种疾病的感染,甚至飓风海啸的天灾,航向全凭肉眼测量,从一洲航向另一洲,到底所为何来?

那个时代漂洋渡海的人大多数都是投机商人,获利有时可达四百倍。除了以政治手段掠夺财物或土地外,很多只是眼光独到能以物易物的生意人，另外一些人出海的动机则来自宗教，他们为了将自身奉献给上帝，为了神的荣耀，甚至可以去任何遥远的“蛮荒”之地，去向“可怜”的异教徒传教。

但我仍然佩服这些航海家和冒险者，他们有伟大的远见，他们的愿景让他们“发现”，带领他们航向未知，他们有的是胸襟和抱负，他们冒着藏身海底的危险前往他地，好奇绝对是最大的缘由，他们想知道这个世界到底有多大，中国到底有多远。

是什么样的动机使哥伦布驾着木制帆船顶风行驶，航向他以为是亚洲而原来是美洲的地方？他到了古巴，以为自己到了中国。哥伦布，具有超人一等的航海技术及天象学知识，使他“发现”了美洲，其实他只是无意间抵达了美洲。按照德国哲学家布鲁赫(Bloch)的看法，虔诚教徒哥伦布之所以数度冒险扬帆，除了财富的诱因之外，向往伊甸园之心才是真正的内在动力。

但也有人根据哥伦布的书简研判，他之所以前往探险，是为了收采更多黄金和香料，以便交换财富，为了一朝收复耶路撒冷！不论哥伦布动机如何，中古世纪的欧洲人相信基督教义中的天堂说，那时的希腊历史家普鲁塔克(Plutarch)便说：在月亮的阴影下，隐藏着一块土地。那是失乐园。

当时的欧洲正处于后中古世纪的悲观氛围，帝国倾向瓦解，教会腐败无能，伊斯兰教趁此时机坐大，而一艘尼尼亚号的帆船却在哥伦布的驾驶下进入了里斯本港，他带给欧洲一线希望及生机，他让欧洲人明了，他们还有扩张、改变现况的可能。同时在客观条件成熟下：如十五世纪托勒密的地圆说译成拉丁文，当时埃及或希腊人对天文及宇宙学已有一定的掌握，而世界观逐渐改变，中国人早已发明罗盘并于十三世纪传入欧洲，无数在陆地上冒险旅行的商人和传教士已形成贸易的流通等，风起云涌地促成了十六世纪绝无仅有、光芒万丈的探险活动，而其中最有成就的两人，一个是出生于意大利但落籍西班牙的哥伦布，另一个大冒险家则是葡萄牙人达·伽马（Vasco da Gama）。

但很少人提起中国的义净或郑和，甚至航海技术同样高人一等的阿拉伯人、维京人。在那个年代，会不会已经有东方

达·伽马

热那亚古地图

人到过美洲，只是没在历史上留下足迹呢？就像格陵兰人 Ericson 更早之前便去过美洲，而郑和也去过非洲，但都不以为是什么了不起的大事？会不会东方人更早便有人去过美洲，会不会在商周时代便开始了，不然为什么玛雅文化与古代中国文化总有那么一分相似？孔子为什么说“道不行，行桴浮于海”，难道那个时代在海上便有理想国吗？大小乘佛教的“极乐世界”不是在西方吗？而西方人以为的天堂却在东方。

问题便在于“发现”这两字。

为什么称之“发现”？发现了什么？在哥伦布“发现”新大陆之前，早在公元一千年便有人去过那里，在哥伦布之前也有人移民至美洲，但都没有人使用“发现”这个动词，是否“发现”具有一种强烈的种族主义色彩呢？或者说集体主义？这个“发现”其实意味的正是版图扩大，在美洲被发现之前，印第安人已在那土地上活了几千年，而欧洲人“发现”他们以为的天堂后，美洲立即成为印第安人受奴役的地狱，绝大多数原住民被欧洲人的传染病感染，“发现”成为破坏，欧洲人到底“发现”了什么？

我还在热那亚的街道行走，港口传来声声催去的汽笛声，我回头望去，只看到一艘艘的豪华游轮和运货的货轮，当今的世界泾渭分明，冒险的人都到外太空去了。这个港口跟任何港口都一样，只剩下消费，再消费。

热那亚司机问我，要不要下车照相。我回道，不必，真是一点都不必。

丹·布朗的高度抄写

《达·芬奇密码》一书的作者丹·布朗最近惹上一件官司,两位作家合告丹·布朗畅销全球的小说抄袭他们几年前的著作《圣杯》,两位作家宣称《达·芬奇密码》一书故事骨架来自他们的《圣杯》,并要求赔偿约六亿五千万新台币。

《达·芬奇密码》全球卖了数千万本,还不包括盗版本,且改编的电影由汤姆·汉克斯演出,判决结果将影响此书可否继续发行及电影是否得以面市。最重要的是,此事的判决将冲击各界对文学作品智慧财产权的认定,这项判决如果对丹·布朗不利,那么,以后的作家在创作时可能得时时刻刻注意写作的参考资料,是否援用的资料会引起官司?写作态度将丕然大变,这才是重点。

《圣杯》的两位作者在一本非文学书中,提出一种假设,即耶稣和玛莉亚当年曾结婚生子,他们的后代流落他地。两位作者将这个流传的后代描述成一个秘密的支派,而天主教会一直到今天都全力在追杀及扑灭他们,这个假设便是《达·芬奇密码》的故事主轴。两位控告者说，他们的书虽为非文学书，但是有文学书的情节和推理，这个情节绝无仅有，而丹氏原封不动地使用，只有外加上一点侦探小说的皮肉，若无此情节骨架，《达·芬奇密码》不可能使丹成为亿万富翁，他们只要一小部分钱，是非常合理的要求。

好吧，就算故事主轴来自他们的《圣杯》，就算丹·布朗剽窃他们的作品吧，但事实是，许许多多的艺术家也都是剽窃者，很少人的作品是全部原创，与他人思想或作品无关。

任何作者在写作过程时，都会有形或无形地引用参考资料，这种事本来便稀松平常。德国最近也有一本畅销书叫《群》(*Der Schwarm*)，在这本描绘大自然灾难的书中，立论和说法都是从网络上抄下来的，连作者自己也承认，而一些在网络上发表文章的人，拿出他们的文章，指着里面一模一样的句子，要求赔偿，德国法院却作出相反的判决，德国法界认为，任何人的著书立说，别人都可使用，只要经过加工，便算自己的作品。

诺贝尔文学奖得主托马斯·曼在一九五〇年曾写信向哲学家阿多诺(Adorno)致谢，如果不是因为阿多诺那本《新音乐哲学》，他根本写不出《浮士德》那部长篇小说。托马斯·曼经常大量援用别人的著作，他称此行为是“高度抄写”，在《布登勃洛克一家》书中，他甚至好几页直接抄自德国著名的《麦雅百科全书》中有关疾病的篇章。包括莎士比亚和布莱希特，也都曾经是“高度抄写”者，他们都是绝顶高明的剽窃者。

蒙娜丽莎

德国大文豪歌德说得最直接了当:我创作的想法和依据不可能全来自我的头脑,这世界上有各种各样别人的思想,那些思想如此丰富,我只要抓住它们即成。而另一位大文学家海涅也说过:艺术家没有所谓的第六宗罪,艺术家可以使用任何材料,尽管是柱子,都行,只要他盖得出自己的文字宫殿。

他们的意思是,艺术家可以沿用别人的点子或猎取别人的思想,只要写成自己的作品就可以。当然,问题是,一些创作者的抄袭和剽窃手法拙劣,而一些人的手法巧妙高明。我姑且把丹·布朗算成后者。

你练习了吗?

十一岁时她被祖宾梅塔发掘,与纽约爱乐交响乐团登台演奏,同一年她也到白宫为里根总统拉琴。她在七岁时便拉Bach Chaconne(巴赫:恰空舞曲),没有人相信七岁的孩子会那样演奏,行家们在听完录音带后都说:你是说二十七岁吧? 十一岁起,她巡回世界各地演出,她的演奏历史长达二十二年,曾经是音乐神童的她,今年才三十三岁,她可能是世界上琴艺最精湛的女小提琴家之一,她叫美岛莉(Midori)。

她有一双细长的凤眼,姿色并不差,但穿着总是有点那么不合身,拉起琴来,比别人更投入更热情,小提琴仿佛是她身体的一部分,没有提琴,看起来便有点神情失落。她是那种从小在严格的学琴教育下长大的小孩,从小便要面对完美,她没有童年,没有父亲,只有一个把拉琴的梦想全放在她身上的母亲。

而她说,她再也无法忍受完美这个词了。任何完美的东西总是欠缺着某种真实。当音乐不完美时,它反而更接近完美。说这话的人正是那个从小被母亲以斯巴达式教育教出来的美岛莉。

说这话的人是被那些乐评家评为琴艺完美的人。以前的乐坛重量人物伊萨克·斯特思（Isaac Stern）或伯恩斯坦都喜欢和她同台，当今的指挥如 Sir Simon Rattle 或 Christoph Eschenbach 都点名要她，她那样演奏了多年，有一天，却无法再拉小提琴了。

一切得从大阪开始说起。

美岛莉二十世纪七十年代生于大阪的一个音乐家庭，母亲是小提琴教师，美岛莉耳濡目染，三岁便会拉琴，那时拉的是莫扎特，她母亲看到她的音乐才华，夜以继日地教着孩子。美岛莉没有玩伴，似乎也不怎么上学，她只是一遍又一遍地练习，为了讨母亲的欢心。母亲离婚之后，更加全心全力，以栽培女儿为人生志业。

美岛莉的唱片封套

那是多么严格的母亲？那是多么严格的音乐老师？别人的母亲可能生气时会把盘子丢在地上，她的母亲在恨铁不成钢的时候，会把整只小提琴摔在墙上。美岛莉后来说，母亲这么做她完全理解，母亲只是想把自己的经验传授给她，母亲指点她一条任何乐者都必经的学习之路。她是幸运的，或者不幸？她还那么小，但得比别人更早走过。

那些年，她都这么练习，这便是她全部的生活，练习、演奏、再练习，不断地改进，永远无法更好，先是为了母亲，然后才是自己。成名之后，母亲是最忠实的乐迷，她仍然严厉，只是不会再摔琴了，美岛莉的琴是别人提供的无价之宝。她逐渐也那么严格地要求自己，像她的母亲，她变成自己的母亲，心里总有个母亲的声音在要求自己，她随时随地都听得到那声音。那声音问：你练习了吗？你练习了吗？她母亲从小一遍又一遍的要求，无止无尽。那句话变成她的噩梦。

二十三岁那年，音乐神童崩溃了。她再也不能拉提琴，她得了厌食症，失眠，头痛，精神崩溃。好几年，她接受治疗，必须静养。她无法再讨好母亲，她一向必须那么做，但从此却难以为继了。

整整六年，美岛莉没有打开琴盒，她不想拉琴了，再也不想。她写了自传，做了无数次心理治疗，她重新上大学读书。她甚至读完了心理系。

现在，她又复出演奏。她改变了许多，她已经不是孩子，而是一个大人，她也改变了生活，搬离了母亲家（仍住门对门），继续写作。她把日记或信件贴在自己的网站上，有时也公开她的食谱，她练习拉琴，但也做别的事，譬如做菜、钩毛衣、写作、读书，她爱上写东西，还写她的心理学硕士论文。

她仍然会头痛，但心里那个魔鬼的声音不见了：你练习了吗？她比从前更喜欢演奏，也比从前更喜欢练习，那是出自心里的真正意愿，虽然她练习的时间比以前缩短了，缩太短了。

她失去童年，当她是孩子时，她已经不是孩子，现在她长大了，她终于成为了自己。她成为完美或不完美的美岛莉。

改变捷克的一张唱片

一切得从路·瑞德(Lou Reed)说起,没有路·瑞德,就没有今天的捷克总统哈维尔。

诗人剧作家哈维尔七十年代起投入捷克反抗运动,之后被捕坐牢多年。八十年代末,哈维尔出狱,于九十年代初成为捷克民选总统,美国前总统克林顿邀他到白宫做客时问他:有什么你想聚一聚的美国朋友?哈维尔不假思索地说,有的,那个人叫路·瑞德。

一九六八年,年轻的哈维尔到纽约玩,纽约的朋友介绍他一张摇滚乐团 The Velvet Underground 的唱片,上飞机前,哈维尔买下那张《白光/白热》(White Light/White Heat)带回捷克,他刚抵达布拉格,几个酷爱摇滚乐的朋友便借走这张唱片,辗转流传,很快地,布拉格成立了好几个摇滚乐团,其中,"宇宙塑胶人"(The Plastic People of The Universe)成为最受年轻族群欢迎的摇滚乐团。

红军占领布拉格后,乐团只能转入地下偷偷演出,却对捷克年轻人造成极大的震撼。捷克当局感受到这股影响力，逮捕了乐团成员，当时的前卫剧作家哈维尔和许多知识分子加入声援乐团的阵容，为了扩大声援，哈维尔更成立人权组织“七七宪章”（Charta 77），不过哈维尔非但没有救出乐团成员，自己反而因而入狱。

哈维尔的地下运动虽遭遇到空前的阻力，但其后继影响力扩及全东欧，说起来，这场革命便滥觞于那张路·瑞德的唱片。这股在一九八九年后推翻捷克政权的捷克民主风潮，也因而被冠上路·瑞德当年的乐团之名，称为“丝绒革命”（Velvet Revolution）。

一九九三年，哈维尔以总统身份初抵美国后，告诉克林顿他想见路·瑞德。克林顿立刻打电话给路·瑞德，邀他到华府参加晚宴，同时也好奇探问：“你们是什么关系？”路·瑞德在电话上说：“我们是朋友。”其实，路·瑞德还不认识哈维尔时便认定他们是一辈子的朋友，他在心里这么想，但没告诉克林顿。

“在我还没见到哈维尔总统之前，他就是我心目中的英雄。一开始我崇拜他的作品，但他后来就从作家变成现实生活中真正的英雄，是这个世界最需要的英雄。”路·瑞德曾这么说。在这场白宫宴席上，早已惺惺相惜的路·瑞德和哈维尔才真的变成无话不谈的好友。九十年代起，路·瑞德几次到捷克总统府做客，和哈维尔也有好几次贴近的对谈，哈维尔仍然在听路·瑞德的歌，他也公开说他的革命故事，没有路·瑞德，就没有今天的哈维尔。路·瑞德则说，他从来不知道，摇滚乐对人类历史的影响这么大。

路·瑞德出生于纽约布鲁克林的中产阶级家庭，从小因过动被父母认为不正常而送去定期做电疗。长大后，他在纽约下东城和史登林·莫里森等人成立了 The Velvet Underground 乐团，他创作的歌曲内容包括吸毒、SM 或无政府主义思想，被许多摇滚乐迷奉为经典，他的歌成为解放冷战时代的招牌曲目，但也被极权主义视为腐烂堕落的音乐毒药。

“宇宙塑胶人”则是当年东欧最著名的地下摇滚乐团，也是推翻东欧政权主义的原动力。没有这个乐团，就没有哈维尔的接续，今天的东欧政治史可能要改写。

“宇宙塑胶人”乐团成功模仿了路·瑞德冷冷的抒情风格，但更具原创的野味，更黑暗、更有地下反动气息。

哈维尔就任总统后，多次为他祖国的乐团和路·瑞德拉线，一九九〇年，路·瑞德第一次与哈维尔在布拉格见面时，哈维尔邀请了他的朋友为贵宾演唱，路·瑞德觉得那些歌好熟悉，原来，他们为他重新诠释了自己的歌，有摇滚乐神祇之称的路·瑞德以豪放不羁的演唱风格著名，他过去在演唱会上什么都做得出来，包括谩骂听众，但三十多年后，他在异地东欧重听了因他而成立的乐团 The Velvet Underground Revival 演唱的歌曲，譬如《All Tomorrow's Parties》，感慨万千，他说，“吉他的音色准确完美”,他也多次与他的捷克同志乐团合唱。

路·瑞德说,他从来不知道,摇滚乐对人类历史的影响这么大。今天的摇滚乐神祇已不太醉心演唱事业,他最热衷的事是每天早上打两个小时的太极拳,几年前,他娶了美国现代乐坛著名的才女罗莉·安德森,“还好,”路瑞德说,“她陪我到布拉格,不然她会以为这个故事是我编的呢。”

路·瑞德唱片封套

有人痛恨萨特

萨特爱泡的咖啡馆是花神咖啡馆(Le Café de Flore),我初恋时代常去,多半是去塞纳河畔散步时路过喝一杯什么,譬如热巧克力或Kir Royal(法国常见的鸡尾酒,以黑醋栗酒浆〔Crème de Cassis〕配香槟酒)。我在意的是情人或朋友,不是萨特。

萨特是现代史上唯一在生前享尽荣耀的哲学家,法国中学生必读他的作品,作品本本都畅销,改编的舞台剧也空前叫座,情史不断,同时还有个与他齐名的女权先驱西蒙娜·波伏娃做不婚伴侣,连戴高乐总统见到他都叫一声大师,而他厚雪茄不离手,每天坐在河左岸的咖啡馆里过他的生活,诺贝尔文学奖颁给他时,他拒绝前往领取,“那只是布尔乔亚的游戏”。

二〇〇六年是萨特百岁纪念日,法国各界大肆举办各种纪念回顾活动,但是多半乏人问津,在法国学界,萨特的研究已成冷门学科。萨特百年后,法国知识界盖棺论定,对他的传奇有了质疑，有关他的评价逐渐倾向负面，法国当红哲学家勒魏（BHL）今年出版了一本萨特评论集，对他的评语甚至是“法国人在萨特生前便没喜欢过他，死后更是避之如蛇蝎”。

他说的是那个每次出门演讲便令全街挤得走不动的萨特？那个六万人为他在葬礼上哀悼的萨特？那个存在主义代名词的萨特？

萨特从巨星地位几乎堕落成魔鬼般的哲学家。学界不少人认为，萨特的存在主义思潮是抄袭自德国哲学大师海德格尔（Heidegger）的概念，只是后者被贴上纳粹的标签，生前死后都没有萨特那么光耀，萨特的作品《存在和虚无》其实与海德格尔的《存在与时间》并没有太大不同，萨特以法文在海德格尔的概念上加点料而已。萨特生于当年被德军占领的亚尔萨斯，从小也会德语。

这些比较，或许也不尽公允，学术研究有时难免掠前人之美，且环顾法国近年的哲学界，右派气息浓厚，著名才子勒魏便是批判共产主义不遗余力的人。撇开海德格尔，萨特思想中最重要的两个范畴，一是笛卡尔的我思故我在，另一个则是有关自由的思想，对新一代哲学家而言，都没有新意。

萨特在战争时代学习哲学，那是被占领的巴黎，战争启蒙了他的政治思想理论，使他成为地下反抗者，至少他自己这么宣称，五十年代冷战时期，他投入马克思理论，并醉心于左派运动，发表了种种言论。

在庆祝萨特一百岁时，观光客并没有忘记萨特，萨特一手造就了巴黎拉丁区的咖啡馆文化，圣杰曼街过去是存在主义中心，现在是巴黎观光客的行脚，尤其是他生前常去的花神咖啡馆，离萨特寓所波拿巴街咫尺之遥，萨特大半生几乎都在那里度过，"早上九点到中午，我们都在花神咖啡馆工作，中午出去吃饭，下午两点后，又回来花神咖啡馆。整个下午都和朋友在这里聊天，一直到晚上九点才回家"，萨特这么描述他的文人生活。从他们开始，这家咖啡馆成为知识分子见面的地点，对面的 Les Deux Magots 也是文艺界人士的聚会场所，附近萨特用餐的 Brasserie Lipp 餐馆也一座难求。

萨特神话也因此而不朽。左派的他生前绝对想不到，自己死后还有这么大的观光业价值。

女权主义者，小心

女权主义者，小心，你们的革命尚未成功，新一代父权思想又暗潮汹涌，社会将剧烈转型，而父权又要回归了。

我提两本书作明证。一本是德国文化学者雪尔马赫出版的《最小值》(*Minimum*)，另一本则是新美国基金会的学者费利浦·郎格曼的《父权回归》(*The Return of Patriarchy*)，这两本书的论点相似，即人类的生育力大幅缩减，全球人口愈来愈老化，家庭价值因而愈来愈重要，而父权又将回归。

这两位社会文化学者看到的是人口老化问题的严重性。八十年代起，全球各地的人口生育力大幅下跌，人口老化，全球工业国家中唯有美国因移民政策的关系而能幸免。

德国学者雪尔马赫是《法兰克福广讯报》的发行人，最近被美国《新闻周刊》捧成德国最具分量的知识分子，他经常发表惊人的言论，譬如，"副刊是知识分子最好的玩具"，或者，在德国政府发布新德文文法后，力陈新文法扰民且破坏德文的优雅，率先表示将不会遵从政令。这回，他的新书也在德国引发众多的口水仗。

二〇〇四年，雪氏出版了一本轰动一时的《麦都达林的阴谋》。在这本书中，雪尔马赫已经提出警告，当今社会已全面老化，目前掌权的社会中坚全是婴儿潮后出生的中年人，这些人将把持社会到二〇二〇年，由于人类的寿命延长，他们有可能领取更久的退休金，而下一代不但无法摆脱节节升高的失业率威胁，也无法造就更多工作机会，未来的下一代还得工作更久才能支撑上一代人要领的退休金，且很可能拿不到多少退休金，这叫老化阴谋，这个情节在欧盟的福利国家已经上演，而政客们完全提不出对策。麦都达林是《圣经·旧约》里的人物，他是诺亚的祖父，活到九百六十九岁，一百八十七岁那年还生小孩。

雪尔马赫在《最小值》一书中则以优美的文笔颂扬家庭价值，鼓励大家生孩子，他列举出相当多的数据来说明，家庭是人类繁衍的最小值，家庭也是人类存活的最大可能。最著名的例子便是一八四六年十一月的德国移民在新大陆的故事，那个寒冷至极的冬天，移民在穿越加州多纳道时遭遇史上最大的冰风暴，八十一名移民中，有家庭的移民彼此唇齿相依，全数存活，而举目无亲的单身移民则无法通过灾难的考验。雪氏并举“九·一一”事件继续他的论点，当天，有家有室的人逃离世贸大楼的比例高过单身或婚姻破裂的上班族。

而回到郎格曼的说法，父权回归其实是节约生育的后果。其中，中国大陆节约生育的原因与发达国家虽不同，但其后续的冲击可能更严重，朗格曼认为，因为一胎化政策，未来在中国，一个孩子得赡养两个父母及四个祖父母。在欧美国家，未婚生子和离婚的比率不断升高，不生育的人口比率也大幅升高，西欧已进入一个促进生育力的社会文化政治，几乎所有的政府都在设法提出能与社会福利政策配套的鼓励生育措施。

郎格曼直截了当地说：“人类为何不绝种，正拜父权社会之赐。”而现今社会也不会绝种，只是父权将再度回归，未来的孩子将只有强大的父亲，因为他们的父亲坚持要生育他们，为了生育儿女，他们会让妻子安心留在家里，甚至不必出外工作。事实上，郎格曼说的并不是没有依据，高教育高收入的上班妇女正是生育力最低的族群。

六十年代以来的妇女运动和个人主义兴起，使得高教育者对生育孩子失去兴趣，很多人认为生养孩子会妨碍实现自我及个人成就，不生育带来的后果便是父权反扑。

雪尔马赫的言论充满理想主义的色彩，他说生养子女是人生最美好的经验。他推销家庭的价值，指出单身或无子嗣者生活的缺失，还大力主张生子不如生女，因为“生子只是生一个人，生女则可生一代一代的人”。雪氏大力提倡的家庭价值其实正是父权的家庭价值，只是雪氏不敢说父权回来了。

雪尔马赫提倡所谓的新市民观点，要大家重返旧时社会的家庭伦理，妇女多多生育。我无法全然同意，还有，抱歉，他的论调令我联想起纳粹的血统论（Blut Bande）。我不明白的是，不少德国知识分子附和雪氏之说，一窝蜂宣扬生子的优越感，有人甚至攻击不生育的妇女，说“不生孩子的女人不是女人”，这种异性恋父权价值和观点令人尤其不能苟同，事实上，很多女人生不出孩子，其中泰半是因为其配偶的生育能力有问题。

发达国家的孩子太少，也要怪其偏颇和排外的移民政策，为什么不开放移民和鼓励收养孩子？非洲或他地的饥童如此之多，如此之多！为什么非得生自己的孩子不可？难道延续社会和家庭血脉的重要性就一定超过个人成长的价值？还有人声称，不生孩子的人以后老了没人照顾，难道这也是生孩子的目的之一？

5

剧场风云

毕希纳，你满意吗？

《渥济克》(Woyzeck)是德国作家毕希纳(Büchner)未完成的作品，但被不同的剧作家增添补缀，近一世纪以来，已成为最常被演出及影响甚巨的剧作之一。

毕希纳是德国的天才型作家，死时才二十四岁。

毕希纳一八三六年六月到九月间开始写《渥济克》，随即却于一八三七年英年早逝。而剧作于一八七九年出版，一九一三年于慕尼黑国家剧院(Residenztheater)首度演出。近百年后，我坐在同一个剧院内，观看由马丁·库赛(Martin Kušej)导演的版本。

夏天的慕城，剧场大爆满，这并非常态，等候补票的人士已排到剧场外去了。来看戏的男女老少都有，中年人士居多，中产阶级的城市观众来看一出"劳动阶级"的戏。毕希纳真是天才。马丁·库赛也没有令我失望。

尽管百年来，许多著名导演也都导过这戏。后现代戏剧大家威尔森便和音乐鬼才汤姆·威兹合作过，而出身慕尼黑的德国新浪潮导演赫尔佐格也和已逝明星金斯基把此出戏改编成电影。

马丁·库赛的版本是在一个垃圾场展开，整个舞台化成一片塑胶垃圾场，颇有世纪末预言的味道。但这不让人惊奇，他肯定不是第一个有这个构想的导演，但能让垃圾场和《渥济克》的戏剧精神结合在一起，靠的是他娴熟的舞台布局技巧和演员称职的演出，而库赛成功了。

他最成功的地方，是他让饰演渥济克的男主角延斯·哈

马丁·库赛的《渥济克》

哲(Jens Harzer)充分发挥他那与众不同的节奏感和 Timing,哈哲说话的节奏非常轻柔缓慢,反而显出更多情绪张力,他总在出乎意料的时间点停顿,而身体动作虽节制,却非常传神,颇有画龙点睛之效。哈哲甚至全裸演出。

马丁·库赛出生于斯洛维尼亚和德国家庭,大学念体育系,他曾是奥地利手球国手,曾经做过守卫、冲浪教练和奶厂工人以及新闻记者。一九八七年起,他在奥地利开始他的舞台剧导演生涯,从此一帆风顺,一直到二〇〇四年,那一年他原先和拜鲁特歌剧院签约,要导当年大戏《巴斯法尔》(*Parsifal*),但却在最后一分钟遭解约,换上另一位新锐导演史林根·西夫。该戏使史林根·西夫出尽了风头,但使库赛一度黯淡失意。

但库赛没放弃,他继续在萨尔茨堡戏剧节导演,他其实更喜欢导演歌剧,他说,因为"那真是最奢侈的娱乐",那么激昂的热情,那么艰苦的工作。但一切值得。

"在排戏的过程中,我几乎每天二十四小时投入工作,我已经搞了快七十部作品,我能继续下去的原因是,我仍然可以在自己的作品中感到惊奇。"戏剧便是从无到有,从不可能到可能,而这一切充满张力,这便是魔术,戏剧是一种魔术。

库赛并不老,他四十七岁。他是如何当导演的?早上起床后,先泡一杯咖啡。然后在早餐桌上用餐具排出舞台布景。他也听歌剧,运气好时,只要听着音乐,他便知道戏该怎么导了。好事是,歌剧音乐总是让人脾气好,且有音乐的地方就容易想象情感，有时，他也很惊讶，歌者竟然如此容易想象死亡、忌妒和疯狂。很多歌唱家不必学便会演戏，但绝大多数的演员无法唱歌。

二〇〇七年初，马丁·库赛被内定出任慕尼黑巴伐利亚国家剧院的总监，在这之前，他几乎在奥德两地各大剧院全待过，曾任萨尔茨堡戏剧节总监，也导过无数大型歌剧，他的作品充满身体的力道和戏剧的精髓，他准确靠近主题，常有最精辟的解析，然而同时又常有意想不到的戏剧性，因此作品很耐人寻味。

在德国的戏剧图谱里，北有欧斯特麦耶（Thomas Ostermeier），现在，南有库赛。

我在剧院看库赛的《渥济克》，我似乎看到年轻的毕希纳，他坐在我前面，啊，他也来了，我偷偷地打量他，想要知道他是否满意。

Registered
Deposé
FRANZ HANFSTAENGL'S KUNSTVERLAG IN MÜNCHEN.

易卜生

欧斯特麦耶全新演绎易卜生经典剧作《海达·嘉布乐》

欧斯特迈耶导演的《娜拉》

那一夜，在台北

卡斯登穆勒(Peter Kastenmüller)原来是我丈夫明夏的朋友，他们认识时，我丈夫在编一本德国艺文周刊，卡斯登穆勒是明夏最爱找的作者之一，他总有那些奇奇怪怪的故事，很多甚至是亲身经历的故事，卡斯登穆勒那样写了几篇，有一天，他不见了，再后来，他变成导演了。慢慢地，他已跻身为德语区著名的舞台剧导演。

卡斯登穆勒的故事包括，他在柏林围墙倒塌时期到东德去导戏，和一名因东德价值一夕消失而逐渐精神错乱的男演员朝夕相处，那位男演员在戏中必须自杀但却老死不成，在现实生活里，有一天他没来排戏，在家里上吊，死了。

或者，卡斯登穆勒住在慕尼黑的公寓，有个超怪的楼上邻居，那人嫌弃卡斯登穆勒，觉得他太臭，对方无法忍受卡氏的臭味，竟然在自己的公寓外墙加盖棚盖，以免楼下的臭味飘上来。

卡斯登穆勒是个活动力超强的人，他说他“无法忍受坐着等死”，他天生是要做导演的，对什么事情往往一目了然，导戏像炒菜，三个星期可以排一出戏，平常不是排戏便是在德国境内跑来跑去巡回演出，他和弗利茨·卡特(Fritz Kater)一样，有无穷无尽的创作力，他们是那种不管多少经费无论是谁来演出，都可以做出不一样的东西的创作者。他们不怕作品不完美，反而怕作品太完美，“那样就不需要再做下去了！”。卡斯登穆勒喜欢的其实毋宁说更是一种反剧场或反表演的东西，也许因为他和法斯宾德都是巴伐利亚人的关系吧，法斯宾德曾在慕尼黑小剧场强烈提出那些主张，他要汉娜·西古拉上台时说话得和平常在台下讲话时一模一样，不能装腔作势，绝对不能。

卡斯登穆勒因童年缺乏家庭生活，长大后把剧场当成家，他生于一九七〇年，弗利茨·卡特稍大一点，他们二人

卡斯登穆勒（德国剧院提供）

便是在东德剧场认识的，从此二人常一起搞戏。二〇〇六年起，弗利茨·卡特应聘成为柏林高尔基剧院的艺术总监，而卡斯登穆勒则是驻院导演，他们两人在德国小剧场上默契十足，题材多变，且作品一个接一个，仿佛多产孕妇，或者像卷草烟者般，令人目不暇接。

“那一夜，在台北”剧本是弗利茨·卡特写的，原名叫“亚伯伦”，副标题是“那一夜在曼谷”。那时，卡斯登穆勒来找，他问我能去哪里找两个亚洲女演员，我说，去台湾找啊，卡斯登穆勒真的来台湾找了，他找了两位，后来，这个戏便逐渐有了两地合制的架构，正在为“国家剧院”策展的我，便把这个节目列入“德国狂潮”。

因为两位女演员已在台北找到，我问卡氏和弗氏，还要叫“那一夜在曼谷”吗，他们说不必叫曼谷，改名台北好了。这戏首演是在法兰克福国家剧院，戏开演前，卡斯登穆勒忙成一团，他才发现，海报已印了，但剧名因太忙而忽略了，还叫“那一夜在曼谷”，卡导演立刻紧急在法兰克福市街上把曼谷两字贴上台北。此事令人感动。

其实弗利茨·卡特并未去过曼谷或台北，他要描绘的是一种东西文化的冲击。人，无论是哪里来的人，都有寻求原乡的愿望。而弗利茨·卡特的人生背景特殊，他生于西德，六岁那年跟随父母远走东德，在东柏林长大，柏林围墙倒塌前，他又早移居西柏林，他常说：“真实的共产政权，我已活过，我不需要在戏文里重复或仿造。”或许，他因此比别人更渴望接近原乡和爱，如果有原乡和真爱的话。他被《明镜周刊》喻为前东德最后一位摇滚剧场工作者。

卡斯登穆勒和弗利茨·卡特都一样钟爱堕落和失败的英雄，在那一夜中，他们要问，到底战争发生了什么？难道非有战争不可？作者在戏中辩证，没有行动就不会发现美洲，同样地，没有行动，世界可能不会改变……可不是吗，卡斯登千里迢迢跑来台北，认识了台北，为台北做了纪录片，准备等到儿子长大时，拿出来给儿子看。他的“那一夜在台北”，重点并不是“这是不是台北”，而是那寻求爱和乌托邦的渴望，无论卡斯登穆勒或弗利茨·卡特，都是那条龙，那条似龙非龙的龙。

那一夜，在法兰克福

德国导演卡斯登穆勒二〇〇五年春天问我，有认识任何亚洲女演员吗？他的新戏“那一夜在曼谷”即将进入定案阶段，他需要两位亚洲女演员。“何不去台湾找！”我建议他，那时，我刚好在替“世界之窗德国系列”寻觅节目。

卡斯登穆勒去了台湾，他的舞台设计从机场打电话给我，他已几年没出过国，忘记自己的护照过期了，那时躺在医院病床上的我心想，到底是多远的距离？法兰克福与台北？

然后他们回来了，把拍的影像拿到家里给我看。他们看到了台北，他们发现我没注意的台北，譬如中正机场一角陈设了所有不能携带上机的刀枪原件，或者台北国联大饭店的厕所可以听到维也纳少年的合唱。高高的卡斯登穆勒站在台北“国家剧院”的广场上，看得出来，他心中洋溢着无比激动和幸福，他找到了台北，他找到了两位女演员。

他把她们的照片给我看，这位是 Sandy，这位是 Eugene，还有一位在麦当劳打工的美眉，还有一位会从衣服里变出苹果，他们都爱上台北，他爱上那些女演员。

谢俊慧和王晓音来到法兰克福，她们住在歌剧 diva 住过的公寓，卡斯登穆勒的电话愈来愈少，他不眠不休地投入工作，只知道他背疾复发，他连回慕尼黑看儿子的时间都没有了。

那时一直没问他，谢俊慧和王晓音排练得怎么样了。卡斯登穆勒一直等到首演才告诉我，原先没学过德文的两人，第三天排练时便以德文和德国演员对戏，吓坏了德国人，“不，不！你们还是讲中文吧”，卡斯登穆勒最后决定，戏就以双语、有时三语进行，每一个人都看得懂，不太需要字幕，卡斯登穆勒终于来电：来法兰克福看戏啰。

我去了。台北来了一位“国家剧院”的工作人员，我们注意到贴在街道的海报上本来是印“那一夜在曼谷”，但却紧急

谢俊慧(右)与王晓音

在曼谷一字上贴上台北，这出戏可以在曼谷、雅加达、新加坡发生，任何的亚洲城市都成，剧作家弗利茨·卡特来自东德，从未去过亚洲，今年起将是柏林高尔基剧院的艺术总监，他也来了，但他肠中毒，看完戏便匆匆走了。

一个小时半的节目结束后，观众喝彩不断，演员必须踩着不知名的鲜血（剧情所需）一再谢幕，德国重要的报纸戏剧评论员都到场了，他们对两位台湾女演员赞誉有加，“把二位德国男演员全比下去了”，这是《南德日报》第二天在报纸上的评论，文章标题叫“Lost in Translation”，她认为该戏正像索菲娅·科波拉的同名电影，其实你不需要翻译，你不必翻译也全懂。

酒会在剧院楼上举行，还有吵闹喧嚣的舞会。法兰克福

谢俊慧剧照

国家剧院女总监史威格终于露出笑容,“我来不及等到十月去台北看那里的观众反应”。酒会的大半时间里,她都陪伴着法兰克福的大银行老板,他们是剧院的赞助人,“他们喜欢,”她带着暧昧的表情,“但就算他们不喜欢也没关系。”

你可以想象吗?台湾女演员谢俊慧的剧照刊登在德国重要报纸上,并且饱受赞扬,法兰克福的银行家对演出无比满意,史威格女士说,原先她反对启用台湾演员,现在她发现她错了。

我可以想象,我便在现场,我全看到了。一出有关性爱与堕落,有关漫画卡通,有关死亡和战争的戏,弗利茨·卡特的德文剧本对白充满诗意,卡斯登穆勒倾向非戏剧的导演布局,可以说是对东方的崇仰,一种十七世纪在欧洲宫廷中受欢迎的洛可可风格,没错,这是 chinoiserie(中国风),这是二十一世纪全球化运动中的新 chinoiserie。

二十一世纪的德国剧场

1

早从十八世纪,表演艺术已在德国风起云涌,二次战败后陷入低迷,但二十世纪七十年代起,随着经济起飞,剧场繁荣多变,不亚于当年被赋名为新浪潮的电影工业,而新浪潮或者后浪不如前浪,但是德国表演艺术至今仍在欧洲境内独领风骚。

德国表演艺术的发展条件得天独厚。全国一百五十一家国立或邦立剧院,二百八十家私人经营的剧院,一百三十个交响乐团,还不包括一百个外宾剧院和一百五十个多功能剧院。每年境内有一万两千场表演节目及七千场音乐节目。而令人惊奇的是,其中百分之九十的节目全由政府资助,由于不必自负盈亏,因此德国表演艺术的发展与美国百老汇剧场的发展截然不同:剧场导演制,固定演出班底,不喜固定剧目重演,喜欢搞创新。

喜欢表演艺术的人来到德国,走到哪里都是舞台,从事表演艺术的人多如过江之鲫，而各邦公私立剧场竞争激烈，节目之多，几乎不可能巡回演出，因此，在德国看表演艺术，充满多样的选择，不过，观众得自己旅行。七十年代，当时未统一的东西德剧场尽管发展迥异，但各具特色。东德继承布莱希特、蓝考夫(Wolfgang Langhoff)的风格，一路走到 Wolfgang Heinz 及 Enno Bresson，之后由 Alexander Lang 和 Heiner Mueller 接下传统。而西德则由 Peter Zadek、Peter Stein、Hans Neuenfels 等人叱咤剧坛，一般称为布莱梅风格(Bremer Stil)。而巴伐利亚的短命才子导演法斯宾德在拍电影之前，也曾在剧场导过多出戏，他提倡反剧场、反表演等推翻现有体制的戏剧形式，与Peter Weiss 等人推动类似“外百老汇”或“外外百老汇”的戏剧风格，前者融合文人剧场传统，后者将政治和社会反讽带进剧场，与当时美国的 Living Theatre 相互呼应。八十年代起，查德克(Zadek)和 Stein、Bondy 和 Peymann 等人开始接掌各州国立剧院的总监，这几个人以叙事性戏剧为演出主调，悄然地进行着一场剧场革命，诸如戏剧元素的大量增加、传统文本的颠覆、暴力美学的论点等，但同时，在东德，海纳·穆勒的反叙事和解构剧场的重炮从东柏林击向西柏林，穆勒的后进，以卡斯多夫(Frank Castorf)最具代表性，他的作品风格深具暴动性、歇斯底里并有强烈的社会争议，卡斯多夫动辄在剧场引爆，他想要的话会使舞台下陷，演出人物搭乘直升机到场，他最受不了的是井然有序的小资调调。作品不见得每次都成功，但确实耸动，

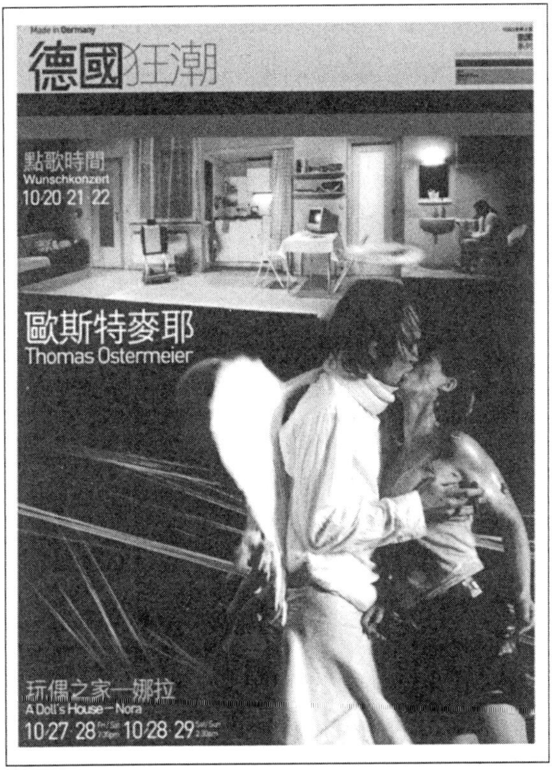
Made in Germany
德國狂潮
點歌時間
Wunschkonzert
10·20·21·22
歐斯特麥耶
Thomas Ostermeier
玩偶之家—娜拉
A Doll's House—Nora
10·27·28
10·28·29

《娜拉》的台北宣传海报

有戏剧性。不管成不成功，总是喧嚣、充满无穷精力、复杂、漫长及毫无逻辑可言，总的来说便是无政府。卡斯多夫说过，他终身的心愿“无非是推翻小市民的美学和价值观”，而他那繁复多变的剧场美学也被他冠以“木马屠城记式的美学”，永远壮观、伟大、深藏不露及具阴谋论。

九十年代初，瑞士籍德语导演马塔勒（Christoph Marthaler）接掌柏林和汉堡等国立剧院，他曾经是贾克乐寇学派的演员，也学过音乐，把音乐和静默的空间调度带入剧场，并打破过去剧场的物质速度和界定，把时间无限拉长，正像达利融化般的手表，现代感之下，充满不确定性和诗意。

两德统一后，东德的戏剧创作风格影响西德剧场甚巨。也许要怪就得怪卡斯多夫。可以说，卡斯多夫的解构观念带动了许多新一代在西方长大的戏剧工作者，而德国剧场从此在“叙事剧场”和“解构剧场”上造成二极的分裂。所谓的解构，是把西方戏剧经典作品重新诠释，而尺度愈来愈自由，经典作品，不管是莎士比亚或者契诃夫，原来故事被剁碎或整型，几乎只剩下一点骨架和剧场导演创作的藉口。

“解构剧场”其实逐渐与“导演剧场”挂钩，导演透过“分散”和“拆除”经典，私心是建构自己想象的戏剧世界，既然以导演风格为主，强调的便是导演的技巧和手法，而除了在布局上施力，很多作品也因此容易沦入色情和暴力的诠释，有时难免与原著精神相互背离。

而“叙事剧场”还有人坚持,已逐渐演变成“演员剧场”(Schauspieler Theater),与“导演剧场”(Regie Theater)相对照。“叙事剧场”通常维持原来的剧作,着重的是演员对经典角色的诠释,剧本通常完全不更动,演员照本演出,问题就在于,如果表现不当,演员立刻像照本宣科。九十年代末以来,德国导演在上述二极光谱中分化,表现愈来愈多元化,许多剧作是那么风格显著、奇特、诡异,充满寓意和批判精神。这其中最具代表性和特色的导演包括下列这些名字:Thalheimer、Simons、Holz、Petras、Baumbauer、Parceval、Schlingensief、Pollesch、kusej 及 Ostermeier,而其中欧斯特麦耶是最被看重的名字。

欧斯特麦耶走在叙事剧场的传统位置,但是吸取了解构剧场的表现精神,他解构的是原著,他将女权主义、心理分析、战争、全球化现象、南北问题从大师剧作中提炼出来,那些主题在古老的创作年代便有了轮廓,欧斯特麦耶在叙事剧场中进行大量解构,他赋予作品无比的现代意义,几乎使他成为查德克的接班人,不管他愿不愿意,已逐渐有了主流的民意,“想到社会如此不公平,便愤怒之极,”他曾这么说过,“但还好有剧场,否则早就病了。”欧斯特麦耶的作品目前是最受欢迎的剧场外销作品,遍至欧美亚洲各国。

2

在两德统一之前,东德的舞蹈发展完全停滞,无甚可观。

而从二十世纪八十年代以降,所谓碧娜·鲍许的“后现代风格”便占领了德国,甚至欧洲,鲍许将诗意和感性注入现代舞蹈,无论重现六十年代的德国、编舞者个人的童年或者只是灵魂的深不可知,更或许物质形状或社会仪式,所创作出来的风貌令人惊动,她的影响无与伦比,几乎延续到二十一世纪,到今天仍是各地年轻编舞家模仿的对象。

如果说鲍许在北方,威廉·佛赛则在南方,他在银行林立的法兰克福,他在古典芭蕾舞中实验新的语汇,他重新为这世纪的舞蹈撰下文法。威廉·佛赛在剧场空间的使用上有极大的突破,他不只为古典芭蕾解构,也为现代舞蹈注入许多新的元素,与碧娜·鲍许一样,在现代舞蹈史上留下了辉煌的身影。

继之而起的还有几位女性,如莎夏·华尔兹(Sasha Waltz)和梅克·史都亚德(Meg Stuart)。华尔兹寻找身体的可能性,也在寻找舞台空间的可能,她丰富的想象力和能量使她不断实验,成果丰硕,是新一代的典范。而史都亚德则把舞蹈拉近戏剧,她是舞蹈思想家,尝试以舞蹈作为思想交流平台,经常以多媒体的方式呈现舞作,对社会现象和议题颇多思索。

德国狂潮来了，国王来了

他是现代舞蹈王国的国王，一个叛逆国王。三岁便开始跳舞，除了思考，他一直在动。他在纽约出生，从小在那个城市学芭蕾，是巴兰钦的弟子，但后来在编舞上的成就超越巴兰钦。他天生是完美的舞者，二十五岁到德国斯图加特芭蕾舞团跳舞，三十五岁接手法兰克福芭蕾舞团成为编舞家，二十年来，作品内容和形式一直在移动变迁，没有人有那样的解构风格，但他的企图并不只是解构古典芭蕾，他是少数在古典芭蕾中冒险创新搞革命的人，且为古典芭蕾找到全新的语汇，作品被誉为二十一世纪舞蹈的里程碑。

他是威廉·佛赛（William Forsythe），且称他比尔。他说，巴兰钦是最好的学校，他是从那个学校出来，最初的作品都在模仿巴兰钦，他说，只有彻底明白巴兰钦，真切地完全地模仿过，你才能从那个学校解放出来。比尔在古典芭蕾中看到可以在当代舞蹈中发展的符码，他在传统芭蕾舞中提炼现代精神，他在舞蹈中思考结构，无论具体或隐喻，他能把结构视觉化，他是大师，如果芭蕾舞也是一种语言，那么他是写下这一世纪舞蹈文法的人。

佛赛在法兰克福的二十年是德国现代舞蹈最辉煌的年代，在两个艺术足迹稀少的城市，各有碧娜·鲍许和威廉·佛赛，而比尔的法兰克福时代将现代舞蹈带入巴兰钦也无法想象的境界。法兰克福虽银行和企业林立，但歌剧院刚好仍有一个全世界最棒的舞台，五十公尺乘五十公尺，比尔说："因为如此，我开始对戏剧空间的使用有更多思索。"通常，他借用光影来呈现动作，加深其舞蹈和戏剧性，他在那个舞台上推出如二〇〇六年来台演出的《身体协奏曲》（*Limb's Theorem*），《*In the middle something Elevated*》或《*Impressing the Czar*》，全是写进现代舞蹈史的代表作，而《身体协奏曲》是认识佛赛的最好作品。

威廉·佛赛

你极难定位或评价佛赛，他一直在变，不但在戏剧空间的使用上突破，也运用录影艺术或数码技术和电脑合成，他甚至把电影和装置艺术带入舞蹈，他是全方位的艺术工作者，除了舞蹈，他可以在同一时间里创作几个不同领域的作品，他是一个无时无刻不在动的人，当他不动时，便是在思考动与不动的关联，身体与空间甚至身体与记忆的关联，他和舞者一起编舞，很多时候，是他自己在跳，而舞者必须继续编。

他的前妻也是舞者，她说，她跟着他跳，应该说，她跟着他的呼吸声进入他的世界，仿佛是禅学，比尔从来不想下一秒钟，常常，他的世界秩序只剩下呼吸，他的舞者或穿袜子或穿舞鞋，但都有无穷无尽的身体想象，舞蹈的状态便是宇宙的状态，从来没有开始，也没有结束。只是活着，跳着，甚至于安静，再安静，他说，宇宙若有什么法则，那便是舞蹈的法则，而它无所不在。

威廉·佛赛是这样一个编舞家，他说，epaulment 这个传统芭蕾动作是要你找出头手和脚之间的关系，如果你能专注在这扭转之间，你将进入一种喜悦和能量，那与静坐冥想的境界应该是一致的，他认为，“舞蹈能教你一切”，身体拥有所有记忆，先于头脑，他自己便在舞蹈里明白了哲学和数学，是的，数学，你没看出来吗？他的舞蹈结构也可能是从几何学里演算出来，真的有可能，一切就那么自然，而身体最后成为耳朵，一个倾听中的器官。而你借由跳舞与世界沟通。

那么多年，威廉·佛赛长期与荷兰作曲家 Thom Willens 合作，那冷调、有时几乎近于理性分析的声音，却提供了舞蹈的无比空间，如此现代化和充满戏剧可能，音乐乍听之下单调无奇，却与舞蹈合而为一，在舞蹈停止时，声音仍然继续，那是身体的旋律，舞者以呼吸画出线条，无论慢或极快，只有威廉·佛赛才有那样的魔术。

如果碧娜·鲍许是现代舞蹈界的女神或皇后，那么威廉·佛赛无疑便是雄浑的国王，他真的是。现在，国王来了。佛赛的作品已成为德国最重要的文化输出之一，但亚洲观众尚无缘一睹《身体协奏曲》这部经典之作，这是我策划“德国狂潮”系列节目时第一个选的作品，跳《身体协奏曲》的巴伐利亚国家芭蕾舞团是欧洲票选最顶级的舞团，该团曾到中国大陆巡回演出，但当地人选的并不是佛赛，“因为中国人还是习惯看传统芭蕾”。不，我告诉佛赛和巴团的总监伊凡，台湾地区的观众欣赏趣味有自己的特点，我们一定要看威廉·佛赛！

西边来的男子

我坐在柏林列宁广场上的咖啡馆等人，尽管是六月天，气温凉凉的，街道上没什么人，有的话都坐在这剧院楼下的咖啡馆里。许多人站着，一些人走来走去。

我就坐在咖啡馆入口的水族箱旁边，好几只红白相间的锦鲤看起来优哉游哉，就在我打开日记本要写字时，一只鱼竟猛然从水里跃起，在我的笔记本上喷了水。这里是柏林剧院，这只鱼是柏林剧院养的鱼。

德国前总统冯·魏茨泽克从我面前走过，他是来看戏，他的妻子跟在后头，我看见他们正在柜台前点咖啡。

我等候的人迟到了，他是这家剧院的导演，七年前，德国文化部决定把柏林剧院让三位新锐来执掌，今年三十八岁的欧斯特麦耶是其中一位，可能也是最重要的一位，另有一位是编舞家莎夏·华尔兹，年初已经出走。柏林剧院（Berliner Schaubuehne）是目前“西”柏林硕果仅存的大剧场，在我看来，也是德国最活跃的舞台。欧斯特麦耶在德国戏剧界举足轻重。

戏开演前三十分钟，欧斯特麦耶来了，他说他要先和几个来看戏的人打声招呼，他果然就去和一些女戏迷东亲一下西亲一下，然后在那里卷草烟。他没理那位前总统。这位曾被剧评家称为“屁眼”导演（Der Regiseur als Arschloch）的人后来告诉我，他对这句评语很满意。

他对柏林剧院也很满意，尺度够宽，年度经费将近五亿台币，还不包括出国巡回。虽然地点不在柏林中城（Mitte），而是西边，西边代表的是正在退流行的小资风，但他不在意。他是倾左的人，他应该是。结束了那千篇一律的草烟和吻颊礼，我们一起走回他的办公室，就在柏林剧场楼上，门关着，用大锁。房间里满是书和烟味，除此就是一张原木长桌，简直像大学教授的书房。

我们聊起易卜生（Henrik Ibsen）。他谈起契诃夫、贝克特

欧斯特麦耶

和布莱希特，没有人拥有易卜生的现代感。而他很幸运，新版的易卜生由 Schmidt-Henkel 翻译，没有他那一流的现代德国口语，根本动不得。易卜生的剧本围绕着资本主义的种种，有钱能使鬼推磨，没钱能使人自杀。我认为欧氏要表现的便是他对小资人物的深切同情和批判，不管是不是高尔夫世代（欧斯特麦耶说他的年纪是那世代，但他的心理比那复杂），今天的德国社会中产阶级对改变现况无能为力，只剩下忧惧，“因为你什么都有了，反而更害怕失去”。你于是陷入空虚和无止无尽的焦虑，人物因此走向边缘，这是为什么 Borderline Syndrom，这是为什么易卜生。

但他不止于易卜生，他的主调其实是马克思主义。我问及，平常是否愤怒，如何处理内在暴力？他说他是愤怒，还好有剧场，“如果没有剧场，我大概就病了”。他的愤怒是什么？“这个社会不公平啊。”我就说他是个左倾的人，他真的是。虽然在西边长大，从小在军人家庭里是个平凡小孩，哥哥是演员，他们喜欢玩傀儡戏，他从小经营家庭小剧场，他从来是一个自己创造世界的人。他一直觉得社会不公正，他反对全球化，他从西柏林望向东柏林，卷着草烟，不疾不徐。他是一个住在双城的巴伐利亚人。

我们谈到他的戏剧求学过程。高中毕业后，无事可做，就去柏林读戏剧学校（Hochschule fuer Schauspielkunst Ernst Busch），那里是先教表演，人人都要当演员，然后毕业作品必须导一出戏。如果从头来过，他还是会读这所学校，因为“有个助教是俄国戏剧大师麦耶候德的后代，他教了一些有关表演的东西”，对他的创作有影响，此外，学导演这一行没有学校，没有什么更好的学校。

我们这样谈了许多，一直是我在问他。离去前，我们谈到他十月的台湾行，他突然改换角色变成发问者，他追问我两岸的事：那么你到底是要统一还是独立？

哎呀，这个左倾的男子，这个西边来的人。

为自己点一首歌

1

“我可从来没想过我的人生会是这个样子!”以前听丈夫的哥哥脱口而出,他说时并没有表情,也没有评价,仿佛在说别人的事情。那时他闹离婚,不但要给妻子一大笔赡养费,且一年中才有一次得以在寒暑假看他心爱的孩子。

那是十年前吧,那时的我也不知我的人生会是什么样子,而十年过去了,这十年在我身上所发生的一些事,已逐渐让我隐约知道生活将会有什么面貌,但是,但是啊,仍有太多未知及未可知,也许现在仍然会让我想不到我的人生将会怎么样吧。

这是为什么,无论如何,我都还没想到死。

灰森森的柏林,或许容我这么说,东柏林,这里是柏林舞台剧场(Berliner Schaubuene),布莱希特和海纳穆勒在那里演出的剧场,这里是最具魄力和历史回忆的剧场,也可以说是最创意的剧场,到现在都是,艺术总监都是六七十年代的人,作品

不但前卫,也是新古典,他们现在已成为主流,不管你喜不喜欢主流。

舞台上是一栋小套房公寓,典型的德国式的单人公寓,角落里有一个小厨房,也有卫浴设备,客厅里有一个沙发,睡时拉开来便是床,桌上一个电脑,桌旁二张椅子,什么都有,此外,什么都没有。

门打开来,一个女人走了进来。戏从此开始展开,什么都有,工作也有,但什么都没有,只是下班回家,脱掉大衣,脱掉鞋子,放下篮子,那是她今晚简单的晚餐(两块面包和冷盘),她的生活全在这里,下班之后,上班之前,一个人活着,没有人与她联络,她的生活无声无息,有的话也好像是忍着背痛,闷闷地呼吸。

她脱下丝袜,穿上护肚的带子(不但得一个人生活,也许身体还有什么不适),看一点电视,吃一点东西,喂一点鱼缸里的鱼,挤一下脸上的青春痘,上一下厕所(你不会知道有多难受,除非你也有便秘),听一点收音机,明天多雨,出门记得带伞。打开电脑,开始玩接龙。

她每天坐在这里玩,她的生活全部在这里,也全部不在。

电视关了,收音机倒没关。现在是点歌时间,有人点李欧纳·科恩的《我是你的男人》,那人为远在法兰克福的男朋友而点,还有人为住在海德堡的女人而点,Annie Lenoix 的《为什么》,一些人为同事庆生,另一些为最爱的某人点歌,这是点歌时间，歌曲陪伴着女人，那些为别人而点的歌陪伴着她，她听着听着，或许也想跳舞，那时她在浴室，狠狠地摔了一跤，生活是这么不讲情理，没有情调，生活好像又有自己的规律，你必须遵从。

或者你不遵从，这是你的生命，你有权决定。我们还在柏林剧院，观众都屏息无声（除了一个感冒的人有时不好意思地咳着），舞台上的女人还活着，她继续她小而无谓的生活，可能一整晚就那样把接龙玩过去了，她准备上床睡觉，把沙发床打开，把门窗关好，明天上班要穿的套装也准备好了，躺在床上，躺在床上读书，一下子便睡着了，但却立刻惊醒。然后再也睡不着了。

她摸黑起床去吃安眠药，吃了一颗，她拿出药性说明书在

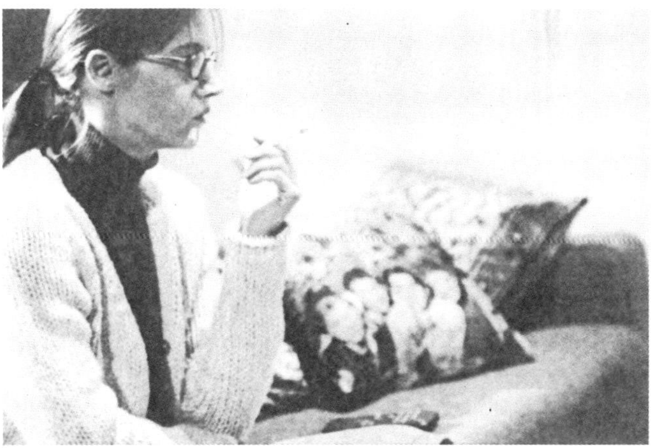

《点歌时间》（柏林列宁广场剧院提供）

黑暗中读，她放下说明书，把安眠药全倒出来，算一算，大约只剩下三十颗吧，她去冰箱取了一瓶啤酒，开始吞第二颗，然后第三颗，第四颗……舞台上的灯全暗了。

这里是柏林剧院，这出戏叫《点歌时间》。剧本是剧作家克尔兹（Franz Xaver Kroetz）三十年前写的，独幕剧，默剧，你叫什么都行，剧本当时写在几张纸上，他想批判的是德国社会的不平等，他是一个左派的人，他是对的，不但社会不平等，生活也不平等，要命的生活，生命，从来没有平等过。德国当红剧场导演欧斯特麦耶把戏搬上舞台，什么都没变，只是现在多了电脑，且像这样生活的女人愈来愈多。

我有一阵子不曾经就那样活过吗？或者每个人其实都或多或少那么活过，像贝克特剧本里的人，我们在等待什么发生，但很多事却一直没发生，而有一天，像舞台上那个女人，有人心里的希望火种突然熄了。

我的还没熄，没有，没有，希望你的也是。

2

《点歌时间》到了，德国当代最杰出的舞台剧女演员蒂斯玛（Anne Tismer）也到了。我昨天和她在台北吃夜宵，这是第一次和她长聊。我的初步印象是，她和《点歌时间》的女主人翁有一点类似，有点神经质或孤独者惯有的神情，但她也是易卜生笔下的娜拉。我们谈了许多台湾原住民的事，原来她醉心于母系社会的女权思想，和娜拉真是一样。

蒂斯玛问我：如何去海边？她想去太平洋游泳。她此行将演出一大一小的两个戏剧节目，台湾观众可以在两个作品中看到两种截然不同的她。

有人问我，这次“德国狂潮”节目中为何请来两出欧斯特麦耶作品，《娜拉》和《点歌时间》之间的关联，是不是“娜拉出走以后，在二十一世纪便成为《点歌时间》的单身女子”。听起来也有道理，真的有道理。但，我必须说，娜拉从十九世纪出走后，就不停地分身演变，《点歌时间》里的女子，只是一种可能性而已。

还有许多意想不到的可能性。娜拉到处都是，早不再叫娜拉了。

蒂斯玛在吃夜宵时告诉我，她在汉堡读过中文系，本来想念戏剧系，但在考试时，因回答老师，她喜欢演独角戏胜于群戏，使她从戏剧系落榜。她到今天似乎仍然如此，我问她时，她说，确实是，但她再也不这么说了。

她真是一个演员，真是一个特别的演员。

娜拉就在你身边

一八七九年，易卜生的《娜拉》在北欧首演之后，许多人家的公寓和咖啡馆会在门口贴上一个告示：这里不准谈论《娜拉》。因为该戏引起社会极大的震动和喧哗，易卜生挑战后维多利亚社会禁忌和价值，他办到了，北欧社会几乎要分裂了，知识分子争战不休，人们一见面就要讨论吵架，因此才会有那些告示出现。

易卜生的作品中，以《娜拉》对女权运动最具关键性影响，将近一百三十年后，就像鲁迅当年问的：那位抛家弃子的娜拉出走到哪里去了？她还在吗？是否还有许多人与她一样，曾经或还活在那玩偶之家里？或许你及你身边的人便是娜拉？

德国导演欧斯特麦耶也问这个问题。他认为，娜拉其实在今日的社会里仍然到处都是，只是她的玩偶之家可能是豪宅或阁楼，她买的都是名牌，整天想的是到可以打高尔夫球的地方度假。

在一次聊天中，欧斯特麦耶告诉我，其实易卜生原本并不是他最钟爱的剧作家，但是重读德文版（由 Schmidt-Henkel 新译）的易卜生后，因译文优雅流畅，开始喜欢读，也觉得易卜生诠释的题目和二十一世纪的今日社会非常贴切，远胜于契诃夫和贝克特。他说，他才发现，好莱坞电影剧本系统其实是易卜生系统，不是莎士比亚，也不是上面那二位。

因为易卜生在作品中除了揭橥女性主义，还有一个最大的重点，他总是在谈论同一个东西：钱。除了钱，还是钱，就是因为钱，他的剧中人物会出走，会下嫁，会自杀，会背叛。如果现今活在台北的话，会全家烧炭。

所以欧斯特麦耶一口气连做了两个易卜生作品：《娜拉》及《海达·嘉布乐》（*Hedda Gabler*）。《娜拉》在二〇〇二年推出，使他一举成名，当时他刚接下柏林列宁广场的柏林剧院总监一职，是有史以来最年轻的新锐导演，政府给了极高的预算，很多人都对他期望很深，他没有使行家失望，很快地，他晋身为欧陆最抢手的重量级导演，作品在全世界各地巡回演出。没有人像他那样演那么多场，他成为德国文化输出品的代表。阴郁，带着典型德国式的自省和哲学深度，但是也洋溢着视觉诗意和现代剧场该有的前卫和冲劲，你可以说那是中生代甚至高尔夫世代的忧愁，用尼采的字眼叫 Weltschmerz（厌世）也好，欧氏的易卜生，成功传达新世代面对这个无可取代的主题时的迷惑，一切都围绕着金钱和性，人什么都有了，反而因恐惧失去而错乱。

所以，当初我在策划“德国狂潮”系列节目时，非邀请欧斯特麦耶的作品到台北不可。他的作品来了，他也来了。

在欧氏的《娜拉》中，女主角由学过汉学的安·蒂斯玛演出。蒂斯玛强悍又感性，是诠释娜拉的不二人选，她也是我看过的六十年代生人中最会演戏的德语女演员，也因出演《娜拉》得了大奖。可以说，欧斯特麦耶的娜拉非她不可，《海达·嘉布乐》因她缺席，整体风格便截然不同，这次蒂斯玛演出《娜拉》值得期待。

欧氏的娜拉说德语，应该是德国人，住在统一后柏林最潮流的中区，欧斯特麦耶更动了易卜生的剧本，但维持易卜生的主张，易卜生在致信给另一位北欧杰出的剧作家史丁斯伯时说：“我让我的演员像日常生活那样说话，必要时我和他们整天都在舞台上排练，尽量把对白做得最口语化。”易卜生做到的，欧斯特麦耶当然也做到了。台北观众看到的是有字幕的德语演出。易卜生出生时，他父亲便因举债而患有严重的忧郁症，后来自杀，易卜生终生无法抛弃父亲留给他的生命主题，因为一些人的误解，使他三十六岁离开国家，六十三岁才返国，大半生都不住自己的祖国，和挪威的关系爱恨交加，认为挪威阴暗寒冷、一无是处、毫无可取，又说“要了解我，得先了解挪威”。成名后返乡，已受到热烈欢迎，时至今日，更是挪威文化的代言人。

易卜生批判十九世纪资产阶级的双重道德标准和社会的伪善，因思想禁锢造成各式的欺瞒和背叛，易卜生批判现实的结果便是提升了个人主义在当时的地位，在易氏作品中，个人与社会不但对立且充满矛盾，正如娜拉的台词："我一定要弄清楚，到底谁才是对的，社会或者我？"

我过去在从事戏剧的岁月中，也一样不重视易卜生，多年后，我注意到，易卜生是超越时代的创作者，他不但向人性提出巨大的疑问，那些疑问到今天都没有得到解答，而他本人也是伟大的心理分析学家，他对他的剧中人物总有最精辟的心理解剖，连弗洛伊德都得从他的剧本汲取养分。

欧斯特麦耶的《娜拉》掺入现代剧场的一些视觉元素，甚至 techno 音乐，这位欧陆最重要的舞台剧导演带来的《娜拉》使人耳目一新，他并未脱离易卜生的批判精神，反而注入一股冷静的现代性。《娜拉》值得看，娜拉到处都是，可能就在你身边。

《娜拉》

再也不要过那漫漫无止境的长夜

我认为这世间什么都不怕，只怕无聊。不少人同意这个看法，至少伟大的挪威剧作家易卜生同意。他一八九一年的作品《海达·嘉布乐》的女主角海达便是这样的一个人，这也是她人生全部的悲剧，如果不了解这点，恐怕便不会了解她。

以前，我不是很了解她。以前，我也不很了解易卜生。在我从事戏剧的日子，我对易卜生毫无兴趣，他虽是写实主义的经典，但与我年轻澎湃的剧场革命心志不符合，我那时追求创新的舞台呈现，最怕看到演员在台上演出时以“话剧”般的腔调念词，我常说：“难道就不能正常说话？”

当然，这也不能全怪写实主义，要怪也只能怪台湾当时的表演人才太少。无论如何，我反正不太读易卜生。他的很多剧本一开始便有冗长的舞台布景介绍文字，那些布景摆明了写实的色彩，那里是桌子，那里是沙发，喔，不，谢谢！

多年后，对易卜生，我充满歉意，并重新认知了两件事。一件事是在那个维多利亚氛围的时代里，易卜生全然前卫，没有他，西洋戏剧便无法从巨大的莎士比亚解放出来，继续发展。而第二件事是，时代不同了，那些舞台指示当作参考即可，不必认真。

对于后面这一点，德国新锐舞台导演欧斯特麦耶可以说彻底地做到了。他不但不按照舞台指示，连剧本内容都改了。但他化身为当今诠释易卜生最有分量的导演。

在《娜拉》之后，欧斯特麦耶最近在柏林剧院推出新作《海达·高布乐》，这出戏过去是易卜生最卖座的作品，也被视为挑战性最高的剧本，尤其女主角海达复杂的女性心理背景，用现代心理学的眼光来看，此女子具有边缘性性格（Borderline Personality），可能也是忧郁病患。欧斯特麦耶以东柏林视角、反中产阶级美学及现代社会观点切入，颇能击中要害，戏才演完，便叫好声连连。

批评当然也有，但已无伤大雅。譬如，女配角为什么总弓着背及握紧手提包说话，难道只有如此才能表现她的拘谨？才能衬托海达是个见过世面、个性大胆甚至是玩弄枪支的女人？

前年欧斯特麦耶推出《娜拉》，那时便看得出来，他打算以新新人类观点解剖大师作品，舞台表现洋溢着电影视觉，或者具体说，有一种多媒体的类于电视综艺的倾向，但仍保有诗意和剧场的纯粹。而两年后，他以完全不同于《娜拉》的手法，将易卜生的作品加注了大量现代剧场的元素，他的巧妙的舞台装置和成熟洗练的舞台布局结合在一体，就像月移日转，欧氏的舞台世界以自己的速度和角度转动，极简主义的风格已然成型，无可挑剔。

在欧氏的《海》剧中，舞台的基调是冷的，落地窗上流着雨水，冷而优雅，干净而有秩序，他要呈现的是一个失落空虚的中产阶级，担心失业，畏惧社会竞争，雨一直下，滴在女主角海达的心上，像滴在铁弗龙①上。她没有感觉，也没有爱，不爱别人，也不爱自己，穿阿迪达斯运动服，像天天上 club 玩的女生，口头禅是“不好意思”。她真的不好意思，对这种小而无谓的中产阶级生活，且新婚的丈夫还不一定能在大学里谋到教职。

海达离开曾密切来往的浪荡子而与一个她不爱的人结婚，为什么？因为“我再也不想过那些漫漫无止境的长夜了”，她说这句话时，我们全都懂了，还有那即将逝去的青春，她并未要求任何人同情或谅解她，她就是那样活着，也不知道会活多久，因为即便新婚，在一些夜里，她仍然自问：我到底在这里干嘛？

在欧氏的新作中，中产阶级生活只是假相，不止如此，易卜生很早就在剧本中说过，“迟早，你必须适应那些你无法改变的东西”，如果你不能，那么悲剧于焉诞生，这是存活的哲学，易卜生剧本中的人物都清楚。

但海达·高布乐不要这样的存在哲学，她以全部生命反抗。我仿佛真的在舞台上看到这么一个女人，她说，我不要这么活，“如果真这么无聊，那我情愿死”。

---

① 一种常用的性能优异的工程塑料。

挪威是他们共同的名字

戏剧家易卜生的忘年交便是画家蒙克(Edvard Munch),这两人后来都成为挪威文化的代言人。

蒙克和易卜生年纪相差一大轮,一位是表现主义的杰出画家,一位是写实主义戏剧大师,其实风格完全不同,但两人相知甚深,是彼此最好的朋友。

爱德华·蒙克受到易卜生的影响,参与戏剧舞台各项设计,他为易卜生设计了许多舞台,甚至服装和灯光。而易卜生则对绘画很感兴趣,他一度也想画画,可以说是绘画鉴赏家。两人在视觉表现上有共同的视野。

易卜生曾经说过,一个作家的基本职责是去看,而不是去反映。这个想法影响着年轻的蒙克,他也说过类似的话:我并不画我所看到的东西。他为易卜生画了五百多张画,有的是素描,有的是舞台的背景或草稿,那五百张画奠定了蒙克的绘画精神,文学动机强烈地召唤着他。蒙克未写,但他非常年轻时也想过当作家。一八九七年,蒙克说,他的每一幅画都是剧本的草稿，灵感全来自易卜生。

他们认识那年，易卜生六十五岁，而蒙克只有三十岁，当时他贫病交迫，住在克里斯提纳港，早先，他已读了易卜生的小说《饥饿》，非常震撼。后来，他开画展，媒体和观众都被蒙克强烈的表现主义精神吓坏了。“疯癫的作品”评论者最后下了结论。而易卜生专程来看画，他让年轻的蒙克带他参观，对蒙克的作品非常赞赏。他尤其欣赏蒙克的一幅三女子像，坐在那幅像前凝视许久，许久。那幅画是蒙克去看《娜拉》后的心灵触动，画中，一位女子望向前方，一位则看向未来，还有一位象征过去的阴影女子，而修女象征死亡，裸女则是生命欲望。易卜生说，蒙克的画是生命的凝结。他晚年的作品也致力于处理这个题目。

易卜生惜才，请蒙克为他做舞台布景，蒙克从此跨入舞台设计，他不但为易卜生作画，在易氏死后，也为许多欧洲他地的名导演做设计。

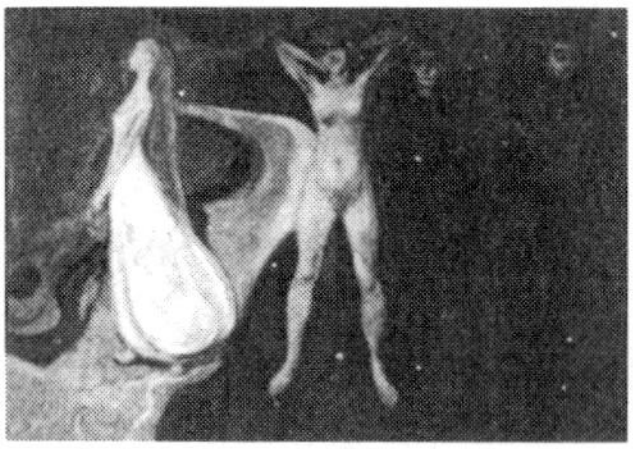
蒙克的画

蒙克画中的易卜生

蒙克原本愤世嫉俗，因为易卜生的赏荐，他的心灵已获疗愈，所有对人世的仇恨都不见了。因为易卜生告诉他，不要怕，当你拥有愈多的敌人，你也就会拥有愈多的朋友。易卜生安慰鼓励年轻的画家，他的预言果然成真，蒙克很快成为当年欧洲最前卫的画家，有人推崇，也有人诋毁。就像易卜生的作品一样，有人爱当然也有人恨。易卜生其实并不喜欢前卫的作品，唯独对蒙克例外。

蒙克为易卜生作画，在不同的肖像素描中，易卜生眯着眼睛看向未来，蒙克说："Ibsen see us, he see beyond us."他说他重复地读易卜生，读易卜生就像读自己。易氏的剧本《群鬼》正像蒙克本人的故事。而易卜生在看完蒙克的画像后，对蒙克表示，我在写一些更魔幻的东西，看着吧，是为你写的！那就是一出名为《约翰·盖勃吕尔·博克曼》(*John Gabriel Borkman*)的剧本。蒙克也认为那出戏真的是他自己的故事。

蒙克和易卜生之间有点像父子关系，蒙克深受易卜生的影响，易卜生的关注平抚了他受伤和叛逆的心，两人都是挪威杰出的天才，在完全不同的领域相遇并惺惺相惜，两人在视觉艺术中沟通，做了很多很有趣的合作。

邂逅罗伯特·威尔逊

他穿一样的黑西装，一样的牛仔裤（同一件吗？）。他的脸稍微圆一点，但没有什么大变化。这一次，距离上次我们见面已有二十年了。

他一定忘了我们二十年前便见过面。他甚至不知道，我现在就站在他后面。

他身旁仍然是一名瘦高的年轻男性助理，这一点也没有变化。

这是在桃园中正机场。奇怪的是，他才一走进国泰航空的柜台，即便只是背影，我也立刻认出他来。

我是他后面的旅客。可能因为轮椅的问题，柜台花了许多时间处理他的机票。我无所谓。我正好可以注意他的言行举止。他没什么特别。就像一名旅客该有的样子。他的行为跟正常人一模一样（应该不一样吗？）

轮到我了。他们离开了。过了一会，他又踅了回来，打断我的 check in。他是回来问他的轮椅还要等多久，在香港转机时有没有人来接(二十年前他便有脊椎问题,现在已经不太能走远路?)。他说了一会话,突然,他转头向我致歉。

我说,一点都没关系。

他神情祥和地看着我,说:你真好心。我因此告诉他:威尔逊先生,我刚好是你的粉丝。我一生从未用过这种字眼,况且我也不确定我的忠诚度,但反正我说了。

他似乎蛮高兴。他问我看过哪一出,我说,看过太多出了,数都数不完。他问我在哪里看的。巴黎,柏林,慕尼黑,威尼斯……他问我在做什么,我说我在写作。写什么?写小说。什么样的题材?譬如家族故事,海神家族。

我说,威尔逊先生,你今年在台北有个戏?他说,今年导一个戏——弗吉尼亚·伍尔夫的《奥兰多》,明年也导一个,可能后年也会导一个。他笑了。我说,看来你好像很喜欢台北?是啊,不然为什么一直来?

他问我住在这个城市吗?我说。不,我住在另一个城市,慕尼黑。他的助理因此告诉我,他也来自慕尼黑,那是全世界最美的城市,他说:“你很幸运你现在就住在那里。”我和他用德语交谈,他给了我他的名片。

我们告别了,我登机后在机舱里又再度看到他。他的座位就在我后方。他一个人。正在编织东西。像一名穆斯林国度里坐在阳台上编织的妇女。

我本来不想打扰他,但我也不想假装没看到他。因此我向前致意:“威尔逊先生,既然你以后会常来台湾,如果有什么我可以为你效劳,请别客气。”他没说好或不好,也没客套。他只是问我:“你知道新岛(New Island)?”

“我很抱歉我不知道啊,鲍布。是不是在南洋群岛?或者澳大利亚附近?”“嗯,比较起来是澳大利亚附近”他笑了。

他给我看他正在编织的物品。原来是一个贝壳制的图腾,贝壳上镶了图案,他刚才只是在贝壳的洞里穿上一些线。图腾看起来有点像迷宫。他从他的随身行李中取出一本新岛的图册,一直翻,翻到某一页。他指给我看,那是一位部落长老,裸身,脸上漆着白漆。他说:“喏,这个便是他送我的。”

这玩意到底又是什么哇?我问了好几次,他最后告诉我,是部落酋长戴的,只有酋长才有,它拥有一种魔力。

图案又有什么意思吗?我又问。这次他没回答。他一直翻图册,一直说,你看,这多美,你看,这有多美。

我提起澳大利亚原住民的歌书(Songline),那是我能想到跟他的主题最靠近的话题。他一直翻那本书给我看,不停地指着里面的照片,他翻到面具那里,指着其中一个,你看,你看。

我告诉他,既然他会再来台湾,那么或许春天时可以参加妈祖绕境,那应该对他有意义。他说他不知道谁是妈祖。他问我,那时我在台北吗?我说,啊,也许,也许。

他又说,我现在飞巴黎,我一到巴黎便给你发电子邮件,告诉你我接下来的行程,柏林现在有一出我的戏,布莱希特的

《三便士》歌剧，casting 非常好，值得你看，巴黎的巴士底歌剧院上演的则是理查·施特劳斯的《没有阴影的女人》。我们保持联络。

我说，这么多年了，你看起来还是这么好（great），他立刻说，你也是。我也是？

他一定不记得，他怎么可能记得？二十年前的巴黎歌剧院，要采访他的我。

那时的我是一名戏剧系学生，为了访问他，我跟着他一整天。他要我陪他到这里到那里，先是记者会，再是他的排练，最后他要我陪他去歌剧院的按摩室，以便在按摩之后可以聊聊。我坐在按摩室外等他。听到他痛苦的呻吟。

我跟着他在巴黎歌剧院的迷宫里走来走去。我们遇见那时全世界最好的芭蕾舞者莒兰，我们东谈西扯，什么题目也没聊。后来，我去看了那出芭蕾舞剧《圣巴斯提安殉难记》，是他众多作品中的一部，不是最出色的一部，但莒兰真的很美，圣巴斯提安既雄又雌。他是一个多产的导演，他也设计椅子，收藏古物，他拥有自己的博物馆，以前白天展览，晚上把东西收起来排戏。但现在不一样了，有钱的西方人都知道要支持他了。

现在，他不记得那时的我了。而我也不敢相信，那是二十年前的事了。我觉得好像只是几年前的事。

那个下午，他在记者会上说了那句经典的句子：今天午餐，我点了一条鱼，那鱼在盘子里一直瞪着我。

是的，我一直没忘记那个下午，我也没忘记他，我如何忘记？沙滩上的爱因斯坦，那是永恒的形象，他在戏剧里呈现一种表相，而对他，表相即里相，形式即内容。他创造了后现代风格，他写下那时代的名字，他自己便是那时代的化身。还没有人超过他，美国一代评论家苏姗·桑塔格死前便说，从来没有任何人的戏剧风格对世界影响这么深，没有，只有他。而他并未停伫，他仍然继续找新的东西，现在他在最古老的传统文化里找，他是对的，最传统的势必最前卫。

离开机舱前，他祝我有一个愉快的旅途。这次相遇，使我确定，我一直相当欣赏他。我果真是他的粉丝啊。

请问，戏这样演不行吗？

这是德国剧场的一桩丑闻，两周来，不但上了头版，德国媒体和文化界不断报导及讨论，使人不得不为之侧目。丑闻发生在法兰克福国家剧院，那里刚上演台北与德国合作演出的作品《那一夜，在台北》，接替的节目却引发了新闻大战。

这个节目是法国荒谬戏剧家尤涅斯科（Eugène Ionesco）的作品《大屠杀或者死亡的胜利》，节目首演的第二天，媒体做了极大的报导，一位专程去看戏的《法兰克福广讯报》戏剧评论员撰写了一篇文章，文章内容是，他本来高高兴兴要去看尤涅斯科的戏，结果看了二十分钟被迫离席，走时还被人在后面吼叫，“滚吧，你这混账”，还把德文的国骂“arschloch”（屁眼）都搬了出来。

《法兰克福广讯报》在德国举足轻重，地位不下于《纽约时报》之于美国，这位权威大报评论员年纪五十余，就像他自己在文章里提到的，报导剧场三十多年从来没看过这种事，他说，一名评论家坐在观众席里看戏，却无端被演员攻击，先是在舞台上点名:“那一位先生,就是你啦!”随即跳下舞台,抢走他手上的笔记本,并准备要把笔记本上的文字念出来,可能因看不懂而作罢,而评论家不想再受污辱,站起来便往门外走,演员还在后面说,早一点滚吧,再加上那句国骂。这位评论员简直气坏了。

因戏没看完,他不能报导该戏,只说该戏根本不是尤涅斯科的作品,导演乱扯,原剧内容只剩下不到五分之一,演员的表演不但吐血,连精液也喷了一地,相当恶心。他说,拥有尤涅斯科版权的出版社应该好好约束这些乱整一气的导演。还有,这位演员已进行人身攻击,迫害新闻自由,这种事的严重性不亚于日前在全球引发动乱的回教漫画事件,云云。

报纸刊登这位评论员的长文后,当天,这位名字叫陆文斯基的演员马上被法兰克福剧院炒鱿鱼,合约立即终止,且该戏不得宣称是尤涅斯科的作品,是法兰克福市的女市长看了报纸后做了决定,她通知了法兰克福剧院立刻这么做。此外,该演员必须向评论员口头道歉。而同时,拥有该戏版权的出版社也表示,该戏不能再使用尤涅斯科之名,应该立即改名,否则不能演出。这出戏因此马上改名叫“陆文斯基的即兴时间”。

而再隔天,这位评论员接受其他报纸记者访问时,他甚至说,此番攻击相当严重,他在当下几乎觉得“自己有生命的危险,血压不断升高,差一点没去医院”。他还说,道歉算什么,一个杀人犯就算道歉了,还是得坐牢。

报导看至此，已令我生起怀疑。如果道歉都不够，那么，难道这位评论员要把演员送进牢里才甘心？有那么严重吗？差一点去医院？

德国戏剧界的各路朋友们对这件丑闻有何看法？大多数人说，根本没那么严重，但法兰克福市长下令，总监史威格不敢不从，市长是董事会会长，她的权力比一个总监还大。哇哇，这是什么时代了？市长竟然可以干涉表演艺术的演出？难道要照顾那位记者所谓的新闻自由，就应该牺牲艺术自由吗？

我是有点纳闷。再怎么样，当过导演的我，好像从头到尾都不站在评论员那边。

还好，德国一些更有分量的导演和评论员也相继发表了意见，他们也多半觉得那位评论家有点小题大做了。著名大导演克劳德·派曼还认为演员相当入戏，立即重用他。其实，这出戏的形式是即兴表演，且必须与观众大量互动，这种戏剧形式并非三十年来前所未见，著名德语作家彼得·汉克（Peter Handke）在二十年前就以《辱骂观众》一戏一举成名，该戏全篇都在辱骂观众，但绝无观众离席，还有，出色的德语演员比尔·毕席乐也在十几年前打观众耳光后辱骂观众，要他滚蛋。七十年代的happening theatre是什么？难道这位鼎鼎大名的评论员全没看过？

更其实，这位评论员平常对德国小剧场动辄无情批评、欲置之死地方休的写法，引起演员的即兴灵感，而这一段演出与尤涅斯科的理念不会违背太多。最重要的一点，也是这位评论员在他的长文没提到的一点：他自己从走进剧场到走出剧场都在与邻座的人说话，不但说话声音蛮大，且不时便指指点点，不断地摇头，从大老远都会知道他如何厌恶这出戏。演员似乎没有任何方法可以阻止评论家在观众席上发声表态，所以他做了那段即兴演出。

我如果去看戏，还遇到那种要求观众参与的情况，也会不耐烦。我深知，若无必要，最好不要选择这种被评论员所称的“无法无天”的戏剧形式。除非这位演员是达里奥·福(Dario Fo，诺贝尔文学奖得主)。无论如何，这种演出形式早就老掉牙了，怎么会引发这么大的讨论?

这件丑闻只说明了《法兰克福广讯报》评论员的地位有多隆重，以及这位评论员多么欠缺幽默感。而且德国政客这么容易就可以干预剧场。后面这一点才是丑闻。

科尔不能看的戏

科尔绝不会也不能去看这出戏,他看了一定会心脏病发作。最近这几天,波昂剧院推出一个有争议的戏码,剧名是《韩娜罗尔·科尔》(Hannelore Kohl),这个人就是德国前德理科尔的妻子,二〇〇一年七月,因不堪怪病折磨,自杀身亡。

在这出由葵斯尼克(Johann Kresnik)所导的歌剧中,除了演科尔的演员外,其他的人又唱又跳,而科尔由体重超重甚多的演员演出,他整出戏中泰半赤裸只穿一条白色内裤,一身肥肉,手上操着一把利刀在舞台上走来走去,时而跳上桌子切割血淋淋的红肉,时而又把坐在轮椅上的重要幕僚朔伊布勒推倒在地上,并且在公文架后与他的一位秘书当场性交;不然便是在他赤裸的身体上打印标志,就像种猪。

而“好”戏尚未上演,接着下来,韩娜罗尔出现了,她拉下科尔的内裤,整个身体先倒向他,又跪在他面前,把头埋于科尔巨大的腹下,桌上摆着一只只梨(科尔的头型像梨,因此被冠以外号)。这场戏演到这里已让许多女性主义者看不下去。

这也是导演葵斯尼克所宣称的科尔系统(System Kohl)。一九九八年,科尔在连任德国总理十六年后,败选给左派的施罗德,从此厄运连连,丑闻不断,先是二〇〇〇年扯出他收取政治献金的新闻,随后又传出他曾收取埃尔夫(Total Fino Elf)的佣金。科尔承认收取政治献金,但不肯对检察官透露捐献者的名字。此事可说使科尔一世英名毁于一旦,当年遭不明人士刺杀而导致下半身瘫痪的朔伊布勒,在导演的眼中便成为科尔系统的替死鬼。

韩娜罗尔的怪病是光线过敏,她长期饱受困扰,诸如不能出门或开灯,阳光对任何人都是温暖和能量,对她却是无情的杀手,而站在风光的政治家科尔之后,聚光灯是少不了的,对她却很狠毒,病情发作时只能独处,过着昏天暗地的生活,既痛苦又了无生趣。

但一些艺术家却在她的病名中找到创作灵感,他们认为光是一种象征,因为光的后面总是阴影,而韩娜罗尔就是光的受害者,因为她长期活在科尔背后,其实就是活在阴影中。一位叫戴安罗荷的剧作家便写过一个叫《光》的剧本,现在著名剧场导演葵斯尼克甚至将韩娜罗尔的故事赤裸裸地搬上舞台。

韩娜罗尔的人生是一个悲剧,是“成功的男人后面总有一个女人”的故事,著名的德国女权主义者爱丽丝·施瓦泽(Alice Schwatzer)便表示,她的死是对无奈与无常生命的微弱呐喊,不但她丈夫与女秘书外遇不断,他的执政理想也逐日消失,而作为从政者的妻子，自早年的选战便默默地投入，协助丈夫不遗余力，如果科尔真的做错什么，只能说她是受害者，却也是共犯者。

由于该戏内容耸动，且导演葵斯尼克的作品一向挑衅且政治味道浓厚，他本人声称过去忍受科尔主导的波昂共和国甚久，此般倾巢而出，不把厌恶痛恨之情表达清楚、亲痛仇快，哪能罢休？戏还没上演，便已轰动德国文化界，科尔的政党右派基民党的国会议员发起签名抗议，抗议广告也刊登在波昂的地方报纸上，但是不知为何，这些签名的基民党议员在该戏首演的前夕并未到剧院前拉布条，不过基民党青年部的团员却在剧院旁的图书馆朗诵科尔的儿子彼得所写的母亲传记，该传记内容与上演的歌剧内容南辕北辙，为此，科尔第二天一大早便传真感谢。

科尔执掌基民党近三十年，担任德国总理十六年，德国统一和欧洲统一都在他手下完成，而随着他一九九八年的下台，波昂共和国宣告结束，树倒猢狲散，在韩娜罗尔去世后，科尔露面的场合大幅减少，近来几乎不再接受访问。

韩娜罗尔扮演十六年的第一夫人，但从来没有自己的声音，她总是陪伴在夫婿身旁，有关科尔与女秘书的外遇传闻不断，她也从来未出面澄清，这是为什么她在舞台上常常削马铃薯。没有疑问的，科尔借她之名，把当年名闻一时的左派异议分子给枪杀了。在一九九八年之后，韩娜罗尔的病情加剧，死前,导演让她跳了许多独舞。

科尔在给基民党青年部一些党员的那封信中表示愤怒之极,他为有人滥用艺术自由对他进行人身攻击感到不幸。在德国,艺术享有自由,科尔和基民党再不满意,也无法禁演该戏。严格说,这出政治批判意味极重的歌剧集暴力、血腥与腐败于一成,应该算讽刺剧,而葵斯尼克本人是个老左派,他应该对演出后的反应感到失望,因为戏已演了数天,从来没被人嘘过,可见来看戏的人政治立场颇为一致。

鼓掌人的技艺

如果你在欧洲歌剧院听歌剧，尤其是意大利，不要以为观众疯狂鼓掌的歌剧就一定是演唱俱佳的作品。因为，有一个古老的戏剧传统，至今仍悄悄地在歌剧院里进行。

那就是“鼓掌人”(Claquer)的传统。这个戏剧传统已有两千年历史，早在罗马时代，暴君尼禄(Nero)便深深明白鼓掌的艺术，他在出席公众场合或者竞技场时，都会花钱聘请一个五千人的鼓掌队伍，那些人会为他造势，营造一代盛君的气象。

一直到二十世纪九十年代，欧洲歌剧院的歌剧盛衰史，有一部分仍靠鼓掌人的高明技艺。今天，鼓掌人在一般戏剧剧场已很少看到，而歌剧演出的三大男高音化和全球化后，也使鼓掌人艺术愈来愈式微，目前只剩意大利的一些地方，如米兰斯卡拉歌剧院(Scala)、罗马或维洛纳和西西里岛歌剧院，还有鼓掌人的存在。

我对此技艺的佩服和好奇，有时好像都高过对歌剧本身。

对我来说，鼓掌队在剧场文明史上值得大书特书，而其技巧表现，简直是波尔(Augusto Boal)无形剧场概念最具体的延伸。我如果专程去意大利看歌剧，无非便是为了看鼓掌人的演出。

鼓掌人的工作并不容易。以歌剧而言，鼓掌人的工作包括:在观众进场前便在场外散播耳语，在场内以掌声鼓动和激励。众所周知，剧院是欧洲社会中上阶层社交见面的场合，看歌剧前及中场休息时，都会聚在场外喝东西或点头打招呼，鼓掌人会在这些场合散播该歌剧的耳语，举凡有利该歌剧演出的宣传，如地方首长已购了票，某女伶和唱片公司签下多少数字的合约，甚至于一些鼓动气氛的赞美及大声喧哗。

而在演出中途，鼓掌队伍中又分领队与大、中、小队长，他们分区而坐，全视领队(Capo di Claque)的命令。在暗中，他们彼此配合操作，若配合得完美无间，一出男女高音再走音，舞台呈现再没有创意的演出，也可以靠鼓掌队营造出杰作的氛围，让不懂歌剧的观众疯狂地跟着起立鼓掌。原因正是，全世界都一样，不懂戏剧的观众毕竟多过懂戏剧的人，还有，现场气氛可以营造，有人深谙此道。

我在学生时代常常去“国军”文艺中心看平剧，那时便观察到总有一群戏迷鼓掌叫好，一些老戏迷们知道该在什么锣鼓点什么节拍后立刻喊好，其实那些戏迷扮演的也是鼓掌人，他们暗中支持自己的青衣花旦，但仅代表个人意见，不像西方的鼓掌队，靠此工作维生，且那么有组织。

看京戏的鼓掌人多半出乎以情，与歌剧一样，只有高明的鼓掌人才知道，什么时候该大叫 bravo，什么时候该连续呼叫，如果呼叫和鼓掌的时间点不巧妙的话，明眼的观众马上会看出破绽。还有，鼓掌人如此精通歌剧，不但对歌唱家的好坏看得清楚，也知道他们的弱点和优势，最厉害的鼓掌人看得出来演出者什么时候安全上垒，什么时候漏失，他们在安全上垒时大声呼叫，肯定能使演出者再加分。

不止如此，鼓掌队还负责演出谢幕的安可声，丢花或献花，发动观众起立鼓掌。甚至在剧场外接受记者的采访。

鼓掌人凭着他们的技艺，价码也大大不同。工作价码从百元到千元欧元不等，就像前面说过，如果鼓掌人不懂戏剧，那么他的鼓掌艺术自然不会那么纯熟，一分钱自然是一分货。

九十年代，一些想走红的歌剧演唱家经常私下自己掏腰包请鼓掌人，尤其以女伶最多。这里有一个经典故事，但不要指名道姓好了：一位现今你我熟知的歌剧名伶，当年刚出道时，有一次在斯卡拉剧院，必须和一位当时比她有名的男高音同台演出，女高音不服输的性格使她花了大把钞票请来一个庞大的鼓掌队伍。在演出中，女伶的鼓掌叫好声明显压过男伶，那位负有盛名的男歌剧家感受到压力，在谢幕前的幕后立刻向歌剧院经理抗议，他说，这些鼓掌人的面孔我太熟悉了，他们昨天才在维洛纳，今天就坐在这里胡作非为。歌剧院的经理慑于男伶的盛名，马上电话通知剧院的消防人员，要那消防人员把鼓掌

人全请出去。那位消防人员在麦克风里问经理:“这些人在剧院里抽烟吗?”经理回答:“没有啊!”那位习惯鼓掌人传统的消防人员立刻告诉他:“对不起,那我就没办法了。”

今天,鼓掌人的艺术逐渐没落,但死灰复燃的是,电视综艺节目粗暴地沿用了这个传统,现场观众被迫随着现场的鼓掌指令鼓掌欢呼,就像台湾一些政见发表会也同样如此。或许,陈水扁也偷偷地学了一些皮毛。